두 번째 달,

블루문

두번째 달,

블루문

신운선

장편소설

창비

차
례

1부

두 개 의 문

기말고사에 절대 나오지 않을 문제

1. 다음 중 '되풀이'의 의미가 사용되지 <u>않은</u> 문장은?

① 갈 곳이 없는 것은 구 년 전과 비슷했다.

② 엄마도 아빠처럼 모든 게 나를 위해서라고 말했다.

③ 할머니가 엄마를 '냉정한 년'이라고 반복하여 말했다.

④ 엄마에게 또 거절당할까 봐 두려워서 전화기를 내려놓았다.

⑤ 나는 우리 부모와 같은 사람은 되지 말아야겠다고 생각했다.

첫 번째 문

◇◇◇◇◇◇◇◇◇◇◇◇◇◇◇◇

구름은 완전히 사라져 있었다. 서울에서는 보기 드문 파란 하늘이었다. 그 하늘 때문에 건물이 더 낡아 보였고 2층에 걸린 '사랑아이집' 간판이 도드라져 보였다. 간판은 방금 단 것처럼 붉은 바탕에 흰 글씨가 선명했다. 간판만 아니라면 이곳을 드나들기가 더 나을 것 같았다. 옆 건물과 마찬가지로 가정집으로 보였을 테니까. '사랑아이집' 간판 옆, 반쯤 열린 창문 사이로 커튼이 흔들리고 있었다. 혹시 누군가 그 커튼 뒤에서 나를 내려다보지 않을까 하는 생각이 들었다. 비웃거나 동정하면서. 그런 생각이 들자 나는 이곳과 상관없이 지나가는 사람이고 싶었다.

옷차림을 훑어봤다. 나온 배를 감추기 위해 두텁고 긴 겉옷을 걸

쳤지만 초라해 보이기 싫어 가장 좋은 옷을 찾아 입은 터였다. 날씨가 조금 더 추웠다면 어울릴 만한 옷이었다. 이런 내 모습이 마음에 걸렸지만 허리를 꼿꼿이 하고 어깨를 폈다. 숨을 크게 들이쉬고 내쉬었다. 바람에 흐트러진 머리카락을 손으로 쓸어 넘겼다. 지금, 마음을 다부지게 먹고 이 문을 열 생각이다.

이런 문을 본 적이 있다. 되돌아가고 싶지만 되돌아갈 곳이 없어 열어야만 하는 문. 정확히 말하면 마음속에서 두려움과 기대가 서로 팽팽히 맞선 채 이런 문 앞에 선 적이 있다. 여행용 가방과 함께. 그때도 다부진 마음으로 문 앞에 섰다. 그때와 다른 점이라면 지금은 열여덟 살이고 가방을 내가 직접 쌌다는 것, 배 속에 아기가 자라고 있어 혼자가 아니라는 것이다.

그때 난 아홉 살이었다. 아빠는 이 표현을 인정하지 않겠지만, 나는 버려졌었다. 그 일은 이곳에 오기 전까지 아빠를 괴롭히는 좋은 구실이 되었다. 앞으로도 필요할 때면 언제든지 꺼내 놓을 수 있는 이야기다.

흔히 사람들은 시간이 지나면 모든 문제가 해결된다고 말한다. 하지만 그 말은 엉터리다. 아무리 시간이 흘러도 과거에 해결하지 못한 감정들은 슬금슬금 기어 나온다. 도망치고 싶은 기억일수록 끈질기게 따라다니며 의식 어디엔가 악착같이 달라붙어 있는 법이니까. 아홉 살 때 내가 겪은 일이 그렇다.

구 년 전 겨울, 나는 내 짐을 싸는 아빠 등을 바라보고 있었다.

"이제 엄마하고 사는 거야."

아빠가 내 옷들을 가방에 넣으며 말했다. 나를 돌아보지 않았기 때문에 조금씩 들썩이고 있는 아빠 등이 말하는 것처럼 보였다.

"왜?"

"왜긴 왜야. 지금까지 아빠하고 살았으니까 이제부터 엄마하고 도 사는 거지."

나는 서운해해야 할지 좋아해야 할지 몰라서 또 물었다.

"왜?"

"말도 안 듣잖아."

"내가 언제?"

"너를 위해서야."

아빠는 우물거리며 말했다.

"나를 위해서?"

"응."

나는 아빠 눈을 보려고 고개를 갸웃했지만, 아빠는 얼굴을 더 숙였다. 꼭 내가 거짓말할 때처럼 푹 숙이고 있어서 아빠 말이 더 믿기지 않았다. 아빠 마음을 알 수 없어 겁났다. 겁난 걸 감추기 위해 나는 좀 더 큰 소리로 물었다.

"진짜 왜?"

내 목소리가 높아지자 아빠는 나를 돌아보며 다그치듯 말했다.

"너를 위해서라니까. 엄마 보고 싶지 않아? 툭하면 엄마 찾았잖아."

거짓말. 툭하면 엄마를 찾은 적 없다. 엄마에 대한 기억이 전혀 없으므로 엄마를 추억할 일도 없었다. 유치원에 다니면서부터 나는 엄마에 대한 기억이 없다는 게 종종 곤혹스러웠다. 친구들이 나누는 얘기나 선생님이 들려주는 이야기에서 엄마는 늘 주인공이었으니까. 어쩐지 내 삶에 주인공이 빠진 기분이었다.

그때까지 우리 가족은 아빠와 나, 단둘이었다. 가끔 근처 사는 할머니가 끼기는 했지만, 엄마가 낀 적은 한 번도 없었다. 물론 내가 두세 번 정도 "나는 엄마 없어? 엄마는 언제 와?"라고 묻기는 했을 것이다. 내가 보는 그림책이나 동화책에는 엄마와 아빠와 아이가 함께 나오는 이야기투성이였고, 유치원과 학교에 다니면서는 더더욱 할머니와 엄마가 다르다는 것을 알아챘으니까.

"너네 엄마 젊고 예뻐. 돈도 아빠보다 많아. 너 할머니가 학교 오는 거 싫어했잖아. 다른 애들은 젊고 예쁜 엄마가 오는데 너만 할머니가 온다고. 그리고 엄마는 너를 엄청 보고 싶어 해."

아빠는 조금 더 낮은 목소리로 말했다. 몸을 내게서 반쯤 돌리고 있어서인지 마치 혼자 중얼거리는 것 같았다.

아빠와 살면서 한 번도 엄마에 대해 좋은 이야기를 들은 적이 없었다. 할머니의 푸념 속 엄마는 내가 돌이 되기 전에 집에서 나간 '냉정한 년'이었다. 그 말을 할 때 할머니는 마치 엄마가 고약

한 전염병이라도 되는 것처럼 주름진 얼굴을 더 주름지게 찡그렸다. 아빠의 반응이 궁금했지만, 아빠는 매번 대꾸하지 않고 자리를 피했다. 내 생각에 아빠 생각도 할머니와 다르지 않았던 것 같다. 그게 아니라면 엄마에게 그런 몹쓸 표현을 하는데 왜 가만히 있겠는가.

그런데 엄마가 냉정한 년이 아니라 젊고 예쁘고 돈도 많다니! 더구나 날 보고 싶어 한다니! 듣고 싶었던 말을 들은 것 같아 조금 흥분이 됐다. 나는 동화책에 나오는 엄마를 떠올리다가 백설 공주, 잠자는 숲속의 공주, 라푼젤, 신데렐라처럼 젊고 예쁘고 착하기까지 해서 시기와 질투를 받은 주인공들을 떠올렸다. 어쩐지 엄마와 닮았을 것 같은 주인공들. 친구들을 만나면 자랑하고 싶었다. 젊고 예쁜 엄마가 날 보고 싶어 해서 나는 엄마와 살러 간다!

"그럼 학교는?"

"엄마가 그쪽에서 보내 줄 거야. 지금 겨울 방학이잖아. 3학년부터는 엄마 동네서 다니면 돼. 걱정하지 마."

그 순간 아빠의 말이 맞을지도 모른다고 생각했다. 엄마에게 가는 게 좋을 것도 같았다. 아빠가 싫은 것은 아니지만, 엄마가 어떤 사람인지 궁금했다. 엄마에 대한 기억은 전혀 없었지만 백일 사진 속 나는 누군가를 보며 웃고 있었다. 그게 엄마 아니었을까? 내 앞에서 엄마와 아빠가 나를 웃게 하려고 손이나 딸랑이를 흔들고 있지 않았을까? 그 사진을 볼 적마다 내 앞에서 웃고 있었을 엄마를 상상했다. 엄마가 사는 동네에서 학교에 다닌다면 그야말로 나도 엄마 얘기를 하며 친구들에게 뻐길 수 있는 일이었다.

"그럼 아빠는?"

"아빠는 여기서 살지."

"할머니는?"

"할머니는 할머니 집에서 살고."

그 말에 나는 엄마가 지금까지 한 번도 나를 찾아오지 않은 것처럼 아빠도 그럴까 봐 걱정되었다.

"아빠는 가끔 만나면 돼."

내 마음을 읽었다는 듯 아빠가 말했다. 내가 고개를 끄덕이자 아빠는 남은 짐을 더 빠르게 쌌다. 나도 거들었다. 내가 좋아하는 물건들을 아빠 앞에 하나둘 옮겨 놓았다. 한쪽 팔이 빠진 인형, 보라색 물방울무늬가 있는 분홍 베개, 앞주머니에 물감이 얼룩진 책가방, 반쯤 쓴 스케치북…….

"수연아, 이런 건 안 가져가도 돼. 엄마가 새로 사 줄 거야."

"하지만……."

"엄마가 훨씬 좋은 걸로 사 줄 거야. 이건 아빠 집에 왔을 때 쓰면 되잖아."

그 말은 그럴듯했다. 남아 있던 불안마저 달아나게 한 말이었다. 불안이 달아난 자리는 순식간에 엄마에 대한 궁금증으로 꽉 차올랐다. 나를 보고 웃을 얼굴이나 다정하게 부를 목소리, 손을 잡을 때 느껴질 보드라움, 나와 다르고 닮았을 모든 것들.

그날 밤 잠이 오지 않았다. 아무리 자려고 애써도 눈만 더 말똥말똥해졌다.

"아빠, 자?"

"응."

나는 이불을 머리끝까지 뒤집어썼다가 다시 얼굴을 내밀었다.

"아빠, 진짜 자?"

"그렇다니까."

"아빠?"

"어서 자. 늦잠 자면 안 돼."

늦잠 자는 바람에 엄마에게 못 가게 될까 봐 더럭 겁이 났다. 나는 자는 척하며 눈을 감았다. 이불을 둘둘 말아 다리 사이에 넣었다. 왼쪽으로 누워 보고 오른쪽으로도 누워 봤다.

"아빠?"

"자."

아빠가 돌아눕는지 이불 뒤척이는 소리가 들렸다.

커튼 사이로 가로등 빛이 흘러들어 와 벽에 어른거렸다. 물결이 벽에서 출렁이는 것처럼 보였다. 마치 물속에 누워 있는 것 같았다. 나는 몸이 둥실 뜨는 느낌이 들어 이불로 몸을 감쌌다. 이불을 움켜쥐고 똑바로 누워 점점 어두워지는 천장을 바라보면서 잠에 빠져들기를 기다렸다.

눈을 뜨자 할머니가 머리맡에 앉아 나를 물끄러미 내려다보고 있었다. 할머니는 평소에 학교 끝나는 시간에나 집에 들르곤 했지만, 그날은 명절이나 생일처럼 특별한 날이었다.

"할머니, 나 엄마 집에 가요."

할머니와 눈이 마주치자마자 말했다.

"엄마 집 가니 좋냐?"

"그럼, 좋지. 할머니도 우리 엄마 집에 놀러 오세요."

나는 일어나 앉았다. 추위가 느껴졌기 때문에 이불을 어깨까지 끌어 올렸다.

"언제부터 '우리 엄마' 됐냐? 하여간 피는……."

"그만해요."

아빠가 아침상을 들고 들어오며 말했다.

"밥 이렇게 빨리 먹어?"

"빨리 먹어야 빨리 가지."

아빠 말에 나는 씻지도 않고 밥상에 다가앉았다. 이불을 어깨까지 두른 채였는데도 아무도 나무라지 않았다.

"나만 먹어?"

"너만 먹으면 돼."

아빠와 할머니는 내가 수저를 들고 밥을 떠 입에 넣는 것을 멀거니 바라봤다. 아무도 밥을 안 먹었기 때문에 나는 조금만 먹어야 할 것 같았다. 배고프지도 않았다.

"왜 나만 먹어?"

누구도 대꾸하지 않았다. 그 대신 아빠는 담배를 쥐고 일어서 나가고 할머니는 내 등을 도닥였다.

내 짐은 이미 아빠 차 뒷자리에 실려 있었다. 군청색 페인트가 군데군데 벗겨진 트럭이었다. 시내에 나갈 때면 아빠가 나를 번쩍 안아서 태우던 차였다. 하지만 이날은 아빠가 나를 들어 앉히기 전에 나 혼자 낑낑대며 조수석에 기어올랐다. 조수석에 앉아 창밖을 보자 아빠와 할머니가 인상을 찌푸리며 얘기를 나누고 있었다. 평소 같으면 화난 것 같은 두 사람 모습이 신경 쓰였을 테지만 이날은 대수롭지 않았다. 엄마한테 빨리 가는 게 중요했다. 아빠나 할머니가 서운해할지 몰라도 말이다.

아빠가 모자를 눌러쓰고 운전석에 앉자 할머니는 내 손에 만 원짜리 두 장을 쥐여 주었다. 그러고는 '동네방네 치킨' 로고가 커다랗게 찍힌 담요를 무릎에 덮어 주었다. 얼마 전 아빠 생일이라고 치킨을 시켰을 때 사은품으로 받은 담요였다.

"날이 추워서…… 감기 걸릴라."

할머니 목소리가 마르게 갈라졌다.

"할머니, 자주 놀러 올게요."

내 말에 할머니는 아무 대답이 없었다. 차가 움직이자 나는 유리

창에 얼굴을 바짝 대고 할머니를 향해 손을 한껏 흔들었다. 할머니가 손을 흔들다 말고 두 손으로 얼굴을 훔치는 게 보였다. 내가 엄마 집으로 가는 게 서운한 모양이었다. 나는 할머니만큼 서운해하려고 애썼지만 나도 모르게 자꾸 웃음이 나왔다.

소풍 갈 때조차도 차만 타면 잠들었던 나지만 그날은 목적지에 도착할 때까지 한순간도 잠들지 않았다. 그 대신 창밖을 보며 계속 엄마를 만나게 될 순간을 생각했다. 저절로 생각이 막 났다. 엄마를 만나게 되면 "엄마." 하고 불러야겠지? '엄마, 엄마.' 하고 속으로 되뇌어도 어색한 단어였다. 그래도 백번도 더 불러 본 것처럼 불러야지. 엄마에게 달려가 안기는 건 어떨까? 아기 때랑 많이 달라졌다고 못 알아보면 어쩌지? 설마, 그럴 리는 없을 거야. 엄마잖아. 평소와 달리 아무리 생각을 많이 해도 머리가 아프지 않았다. 오히려 기분이 좋아졌다.

"춥지 않아? 히터가 말썽이네."

아빠는 왼손으로 운전하며 오른손으로 내 무릎 위 담요를 허리춤까지 끌어당겼다.

"괜찮아."

사실은 발이 시렸다. 담요는 정강이까지만 닿았다. 내복을 입었지만 담요 아래 발목은 속살이 드러나 있었다. 내가 작년보다 조금 더 자란 탓에 내복이 짧았다. 하지만 그까짓 것 참을 수 있었다. 배가 고파 왔는데 배고프다는 말도 하지 않았다. 엄마가 기다릴 텐데 이것저것 신경 쓰다 시간이 늦어지면 곤란할 거였다.

시내를 빠져나간 차는 고가 도로를 넘더니 한강 변을 달렸다. 강변 공원은 한가하고 고요했다. 강물은 햇빛을 받아 반짝거리고 응달진 곳에는 미처 녹지 않은 눈이 드문드문 남아 있었다. 그 눈들이 떨어진 구름 조각처럼 여겨질 정도로 하늘은 구름 한 점 없었다.

내가 엄마 만나는 장면을 되풀이하며 생각하는 동안 차는 우리가 사는 동네보다 새 건물이 더 많은 동네로 들어섰다. 아빠는 그 건물들을 지나쳐 단독 주택이 있는 골목으로 들어가더니 "여기가 맞는데." "아닌가." 하며 중얼거렸다.

"엄마 집 몰라?"

나는 아빠가 엄마 집을 못 찾을까 봐 걱정되었다.

"아니, 알아."

아빠는 비슷해 보이는 골목을 천천히 두 바퀴 돌았다. 나는 아빠 시선을 따라 오른쪽 집들을, 또 왼쪽 집들을 두리번거렸다. 어느 것이 엄마 집이라고 해도 다 좋을 집들이었다.

"아, 여기다. 이 집 맞네."

아빠가 차를 멈추며 창문을 내렸다. 아빠가 바라본 집은 파란색 대문 집이었다. 아빠의 트럭 색과는 비교할 수 없을 정도로 깨끗하고 선명한 파란빛. 아빠와 나는 말없이 그 대문을 바라봤다. 엔진 소리가 크게 났다. 차가 덜덜덜 떨렸다. 마치 나 대신 떠는 것 같았다. 아빠가 시동을 끄자 이번엔 내 심장 소리가 들릴 듯이 쿵쾅대기 시작했다. 대문 안을 상상하니 엄마에 대한 모든 것들이 그럴듯하게 밀려와서 가슴이 벅차오르기까지 했다. 아빠는 담배를 꺼내 불을 붙였다.

"담배 냄새 싫어."

"미안."

아빠에게 처음 듣는 말이었다. 나를 어른 대접하는 말로 들려서 나도 모르게 어깨가 으쓱했다.

아빠는 차에서 내리더니 트럭 뒤꽁무니로 가서 등을 돌린 채 담배를 피웠다. 차창 밖 거울에 아빠 머리 옆으로 연기가 흩어지는 게 보였다. 아빠를 따라 담배 피우듯 후 하고 불자 내 입에서도 입김이 하얗게 나왔다.

아빠가 바닥에 담배꽁초를 버리고 발로 비비는 게 보였다. 그러고는 내가 앉아 있는 쪽으로 성큼성큼 다가왔다.

평소대로라면 쓰레기통에 버려야 한다고 잔소리했을 텐데, 이날은 못 본 척하기로 했다. 그 대신 아빠가 창 앞에 왔을 때 얼굴을 찡그리며 혓바닥을 내밀어 보였다. 아빠를 놀릴 때 내가 짓는 표정이었다.

아빠는 웃지 않았다. 다른 때 같으면 나와 똑같은 표정을 짓거나 창문을 두드리며 장난쳤을 텐데, 아빠는 화난 사람처럼 문을 벌컥 열었다. 그러고는 내가 팔을 벌리기도 전에 나를 안아 바닥에 내려주었다. 바닥에서 찬 기운이 훅 올라왔다. 아직은 1월이었고 쌓인 눈이 녹기 전이었다.

"아빠, 화났어?"

"아니."

"근데 왜 그래?"

"내가 뭘?"

아빠는 여행 가방을 쿵 소리가 나도록 바닥으로 끌어 내렸다. 나도 아빠처럼 화난 척을 해 볼까 하다가 참기로 했다. 곧 엄마를 만날 거였다.

나는 아빠를 따라 그 집 앞에 나란히 섰다. 대문 위로는 잎사귀가 떨어져 말라 보이는 나뭇가지들이 삐죽했다.

"이 초인종을 눌러. 그러면 이모가 나올 거야. 아빠가 편지 써 놨으니까. 여기…… 여기에 넣어 놨어. 그리고 엄마 이름은 박현지야. 알겠지? 박현지."

아빠는 반복해서 박현지를 한 글자 한 글자 끊어 말하며 여행 가방 앞주머니를 툭툭 쳤다. 그러고는 대문 틈새로 안쪽을 흘깃 들여다봤다.

"엄마 집이 아니야?"

"응, 이모가 엄마 집에 데려다줄 거야."

아빠는 내게로 몸을 돌리고는 조금 작은 목소리로 말했다.

"엄마하고 잘 지내고. 여기…… 여기 누르는 거야. 사람 나올 때까지. 알았지?"

아빠는 내 오른손을 잡아 올리며 초인종 누르는 시늉을 했다. 나는 고개를 끄덕였다. 드디어 엄마를 만난다니. 동화에서처럼 비밀의 문이 열리면 펼쳐지는 아름다운 정원이 떠올랐다. 이 문을 열면 '엄마'라는 아름다운 정원이 펼쳐지리라.

나는 까치발을 들어 초인종에 손대는 시늉을 해 보았다. 아빠는 내 모습에 흡족했는지 고개를 끄덕하고는 재빠르게 차에 올라탔다. 그러고는 조수석 창문을 내리고 나를 향해 손짓을 했다. 초인종을 누르라는 신호였다. 내가 손을 뻗어 초인종을 누르는 순간 시동 거는 소리가 들렸다.

들추고 싶지 않은 진실

나는 가방을 옆에 놓고 차렷 자세로 서 있었다. 이모가 나오면 공손하게 인사하고 내 소개를 할 참이었다. 하지만 막상 아빠가 가 버리고 이모가 나왔을 때는 너무 긴장한 나머지 오줌을 쌀 지경이 었다. 추위 탓인지 바들바들 떨리기까지 했다.

"누구니?"

이모는 나와 내 옆에 나란히 놓인 커다란 여행 가방을 번갈아 보며 물었다.

"엄마 찾아왔는데요."

"엄마?"

"네, 엄마요."

"집 잘못 찾아온 것 같은데. 내가 이 집 엄만데."

"여기……."

나는 여행 가방 앞주머니에서 아빠가 넣어 둔 편지를 꺼냈다. 이모가 그 편지를 낚아채 읽는 동안 이모 얼굴을 올려다봤다. 오줌을 싸지 않으려고 다리를 바짝 모으고는 이모가 빨리 나를 집 안으로 데려가 주길 기다렸다.

이모는 순식간에 미간을 찌푸리고 나를 내려다봤다. 그러더니 편지를 다시 읽었다.

"엄마 이름이?"

"박현지요."

이모는 얼굴을 조금 더 찌푸렸다.

"네 이름이……."

"이수연인데요."

이모는 나를 내려다보다 말고 제자리에 쭈그려 앉았다. 그러고는 내 양팔을 두 손으로 잡고 나를 올려다봤다.

"네가 현지 딸이야?"

"아마도요."

나는 아빠에게 들은 걸 돌이켜 생각하며 대답했다.

"여보, 여기 좀 나와 봐. 현지 딸이 왔어."

이모는 집 안을 향해 소리쳤다. 곧 현관문이 열리더니 한 아저씨가 내다봤다.

"뭐라고? 누구?"

"현지 딸이래. 별일이 다 있네."

"저, 그런데……."

나는 저절로 몸이 오그라져서 목소리도 잘 안 나왔다.

"그런데 뭐?"

"화장실…… 화장실 가고 싶은데요."

내 말에 이모가 가방을 들고 앞장섰다. 현관에서는 내가 먼저 들어가도록 옆에 서서 기다렸다. 내가 엉거주춤하며 들어가자 팔짱을 낀 채 문 앞에 서 있던 오빠가 옆으로 비켜섰다.

"화장실 알려 줘."

이모 말에 오빠는 "저쪽이야."라며 오른쪽 문을 향해 턱짓했다.

내가 화장실에서 나오자 이모와 이모부, 오빠가 거실에 앉아 동시에 나를 보았다. 번갈아 가며 나와 눈이 마주쳤는데 아무도 웃지 않았다. 그 대신 "그러고 보니 처제 얼굴이 있네." "이모한테 딸이 있었어?" "도대체 어떻게 된 일이야?"라며 한마디씩 했다.

내가 다가가 앉자마자 질문이 쏟아졌다.

"혼자 왔니? 여기 어떻게 왔어?"

"아빠가 데려다줬어요."

"아빠는 그러고 갔어?"

"네."

"몇 살이지?"

"이제 아홉 살 됐어요."

"벌써 그렇게 됐구나. 학교는 다니고?"

"네. 지금 겨울 방학이고 곧 3학년 될 거예요. 그때부터는 엄마가 학교 보내 줄 거라고 했어요."

"너희 아빠 진짜 뻔뻔하다."

"애 앞에서……."

이모부가 아랫입술을 살짝 물며 이모에게 인상을 썼다.

"처제한테 연락해 봐."

신호음이 울리는 동안 그 누구도 말하지 않았다. 그 대신 조그만 내 얼굴에서 뭘 찾아내려는 듯 나를 뚫어지게 바라봤다.

"여보세요? 현지니?"

이모가 전화기를 들고 방으로 들어갔다. 호들갑을 떨며 말하는 소리가 들렸다. 화났는지 목소리가 높아지는 것도 같았다. 엄마는 내가 왜 이제 왔냐고 물었을까? 엄마 집으로 빨리 데리고 오라고 했겠지? 내가 어떻게 보이냐고 물어봤을 거야. 나를 바꿔 달라면 무슨 말부터 해야 할까? 안녕하세요? 아니면 엄마, 나야. 아니면 저는 엄마 딸 이수연입니다. 이것도 이상하고……. 순식간에 여러 가지 말들이 풍선처럼 떠올랐다가 사라졌다.

"얘가 진짜 이모 딸이야?"

"그런가 보네."

두 사람이 나를 뚫어지게 보며 말할수록 내 몸은 점점 쪼그라드는 것 같았다.

"이름이 뭐랬지?"

"이수연요."

"수연이…… 엄마 기억나니?"

"아뇨."

왠지 부끄러운 대답이었다.

"기억이 나겠어? 한 살 때 헤어졌는데."

이모가 방에서 나오며 말했다.

"처제는 뭐래?"

"놀라서 어쩔 줄 모르지 뭐. 일단 나와 보겠다고 하네."

"금방 나올 수 있대?"

"그렇게 해 보겠대."

엄마가 나를 바꿔 달라는 말을 안 해서 서운했지만, 곧 실컷 얘기 나눌 수 있을 거였다.

"수연이랬지? 내가 네 이모야. 엄마가 지금 호주에 있는데, 너 보러 나올 거야. 여기서 며칠 지내자."

그 며칠 동안 나는 엄마만을 기다렸다. 곧 비밀의 문이 활짝 열려 내가 상상한 것보다 더 아름다운, 엄마와 함께하는 세계로 들어가게 될 것이라고 믿었다.

엄마가 오기로 한 날, 나는 혼자 거실에 앉아 작은 기척에도 현관문 쪽으로 고개를 돌렸다. 외사촌 오빠는 학원을 갔고 이모와 이모부는 공항에 나간 터였다. 하지만 아무리 기다려도 현관문은 열리지 않았다. 이럴 줄 알았으면 공항에 따라 나가겠다고 조르는 건데. 쭈뼛대며 이모 눈치를 본 게 후회되었다.

기다림이 지루해 설핏 잠이 들었을 때 현관문 여는 소리가 들렸다. 나는 소파에 누워 있다가 벌떡 일어났다. 이모와 이모부가 큰 가방 세 개를 끌며 먼저 들어왔다. 나는 엄마가 아예 이사를 온 것은 아닐까 생각했다. 나와 살기 위해! 그러지 않고서야 저렇게 큰 가방을 세 개씩이나 가져올 리가 없었다.

엄마는 마지막에 들어왔다. "한국은 너무 추워."라는 엄마의 첫마디에 미안한 마음이 들었다. 내가 따뜻한 봄이나 시원한 가을에 찾아왔으면 좋았을 텐데.

엄마는 얼굴을 반쯤 가린 갈색 머리카락을 쓸어 넘기며 고개를 들었다. 아빠가 나를 보고 "제 엄마 닮아 피부는 뽀얘네."라고 말한 것처럼 엄마는 살빛이 푸른 기가 돌 만큼 해쓱했다. 아빠와 나란히 있는 모습을 상상하면 어쩐지 어울리지 않았다. 아빠는 나를 한쪽 팔로 번쩍 들어 올릴 정도로 힘이 셌는데 엄마가 나를 들어 올리는 것은 어림없어 보였다.

엄마는 나를 보자 눈을 가늘게 뜨며 웃어 보였다. 그러더니 "네가 수연이구나." 하며 나를 껴안았다. 향긋한 냄새가 났다. 아빠한테서 나는 담배 냄새와는 달랐다. 지금까지 내가 본 친구들의 엄마

보다도 훨씬 예쁘고 친절하고 똑똑해 보였다. 역시 엄마를 기다린 보람이 있었다. 아홉 살이 되어서야 처음 만나는 엄마니까, 그래야 했다.

하지만 엄마가 온 뒤의 이야기는 내 상상과는 달랐다. '졸지에' 나를 맡게 된 엄마는 며칠 동안은 가끔 눈물짓기도 하고 나를 껴안기도 했다. 그동안 내게 쏟지 못한 정을 표현하려는 것 같았다. 이모와 매일 심각한 이야기도 나눴다.

"애 아빠를 만나야겠어. 애를 못 보게 할 때는 언제고 인제 와서 이러면 어쩌라는 거야?"

"진작 알아봤다니까. 그 인간 끝까지 속 썩이는 거 봐. 재혼하려는 거 아냐? 여자가 애는 못 키우겠다고 했거나 뭐, 그런 거 아니겠어?"

"그렇다고 이러면……. 갑자기 애를 어떻게 키우지? 양육비는 받아야겠지?"

"당연하지. 그런데 매달 받는 식은 위험해. 그쪽에서 안 주면 그만이야. 소송을 걸겠니, 쫓아가서 달라고 하겠니? 한 십 년 치를 한 목에 주면 수연이 맡겠다고 하고, 다달이 준다고 하면 못 맡는다고 해. 애 맡으면 너 다른 사람 만나는 것도 힘들어져. 냉정하게 생각할 문제야."

"작게 말해, 언니. 애 듣겠어."

"아휴, 아기 때부터 쭉 봤으면 정이라도 갈 텐데. 이건 원, 처음 보는 애잖아. 아빠도 많이 닮았네. 나는 쟤 얼굴 볼 적마다 그 인간 이 속 썩인 거 불쑥불쑥 떠오른다니까."

"그런 말 마, 언니. 애 아빠가 그렇긴 해도 쟤가 뭔 잘못이겠어. 내 딸이기도 하잖아."

"네가 지금 쟤 맡으면 재혼은 일찌감치 접는 게 좋아. 아무리 모 성이 어떻고 해도 애 딸린 여자 좋아하는 남자 없다. 지금 같이 지 내는 사람도 있다며? 그리고 쟤 봐. 쟤도 데면데면하잖아. 키운 정 이 없어서 그렇다니까. 그 노인네 성미가 보통 아니었지만 그래도 그쪽이 낫지. 여태껏 같이 봐 온 것 아니었어?"

"그러게. 할머니가 힘들다고 그랬나? 어떻게 해야 할지 모르겠 네. 이제 겨우 나도 내 길 찾아가나 싶었는데. 알렉스는 오케이 할 것 같긴 한데. 아냐, 그렇게 쉽진 않으려나."

나는 텔레비전을 켜 놓고 거실에 앉아 있었다. 그 말들에 끼어 들 수가 없어서 채널을 돌리거나 소리를 높였다. 안 들리는 척, 텔 레비전에 온통 마음을 빼앗긴 척했다. 하지만 소곤대는 말일수록 귀를 기울이게 되는 법이어서 대화 소리가 더 크게 들렸다. 엄마와 이모가 나를 뒤돌아보았을 때는 어떻게 될지 모르는 불안함에 온 몸이 굳어졌다.

처음에는 내가 잘못 들었나 했다. 그러나 살아가는 데 필요한 말 은 다 알아듣는 나이였다. 내가 엄마의 앞길에 걸림돌이 될 수 있 다니. 그저 엄마의 자식이라는 이유만으로 나를 사랑하고 돌봐 줄 거라는 믿음은 잘못된 거였다. 그건 앞으로 내가 나이가 더 들어도 가시지 않을 충격이었다. 아빠 말대로 엄마는 예쁘고 젊어 보였지만 나를 기다린 건 아니었다.

안타깝게도 엄마와의 시간은 내게 숙제로 남게 되었다. 매번 모르는 내용이 더 늘어나는 숙제. 시간이 지날수록 마음을 무겁게 짓눌러 빨리 해치우고 싶은 숙제. 하지만 답을 몰라 해결이 안 되는 숙제.

나는 이모 집에 오기 전에는 온종일 종알거리고 화도 낼 줄 아는 아이였는데, 이곳에서는 종알거리지도 화내지도 않았다. 다만 아빠 생각이 자주 났다. 보고 싶었다. 아빠가 할머니 속은 썩일지 몰라도 나한테는 내가 칭얼거릴 적마다 달래 주는 유일한 가족이었다. 내가 화낼 수 있는 가장 만만한 상대였다. 하지만 엄마는 달랐다. 엄마에게 엄마라고 부르는 게 어색해서 속으로 '엄마, 엄마.'를 연습하고 불러야 하는 처지에, 이제서야 처음 만난 엄마가 내 마음에 안 든다고 떼를 부리거나 화낼 수 없었다. 오히려 어떻게 해서라도 엄마 눈에 들고 싶어 눈치를 봐야 했다.

"수연아, 할머니가 잘해 주셨니?"

"너희 아빠는 여자 없어? 있지? 없을 리가 없지."

"학원은 어디 어디 다녔어? 아빠가 공부 좀 시켜 줬니?"

"아직도 그 동네에 사니? 언덕바지에 있는 오래된 연립 주택에?"

"아빠는 무슨 일 하니? 아직도 껄렁거리면서 돌아다니는 거 좋아하지?"

나는 묻는 말에 입을 꾹 다물었다. 이미 엄마가 열어 줄 비밀의 문이나 아름다운 정원 따위는 없다는 걸 감지한 터였다. 있다 하더라도 그 문과 정원은 내가 상상했던 모습이 아니었다.

"아휴, 애가 말귀가 느려."

"애 아빠라는 사람이 이리저리 돌아다니느라 애 교육에 신경이나 썼겠어?"

"지금 아니어도 딸은 크면 어차피 엄마 찾아오게 돼 있어. 인생 길게 생각해."

이모가 세상에 대해 다 아는 것처럼 말했을 때 엄마는 아무 말 없이 고개를 끄덕였다. 그러고 나서 엄마는 정말 인생을 길게 생각했는지 나를 다시 아빠에게 돌려보냈다. 어쩌면 아빠가 양육비를 한목에 주지 못한다고 했는지도 모른다. 물론 엄마는 나한테 그렇게 말하지는 않았다.

"엄마가 다시 호주에 돌아가야 하는데 수연이는 학교에 다녀야하니까, 아무래도 한국에서 아빠하고 있는 게 좋을 것 같아. 호주에서 학교 다니려면 영어도 할 줄 알아야 하는데 수연이는 못 하잖아. 그치?"

내가 대답을 하지 않고 엄마를 빤히 바라보자 엄마는 또 말했다.

"나중에 꼭 다시 만날 거야. 엄마가 약속할게."

엄마가 새끼손가락을 내밀었다. 나는 손을 내밀지 않았다. 그 대신 눈물이 나오려는 것을 꾹 참고 물었다.

"내가 영어 잘하면 엄마하고 호주서 살 수 있는 거예요?"

"그, 그럼, 그렇지. 영어 공부 열심히 해야 해. 알았지?"

엄마가 얼버무렸다. 나는 다시 말했다.

"나 알파벳도 알고 영어 인사도 할 줄 아는데."

"아, 그렇구나. 엄마가 몰랐네."

엄마는 내밀고 있던 손을 거둬들였다. 그러더니 내 쪽으로 다가
왔다. 날 안아 주려나 보다 했지만, 엄마는 나를 지나쳐 소파 옆에
놓인 가방을 뒤적였다.

"이거 주머니에 넣어 둬. 맛있는 거 사 먹어."

엄마가 나를 향해 돌아섰을 때 엄마 손에는 종이돈이 여러 장
들려 있었다. 내가 돈뭉치를 받아 들고 엄마를 바라보자 엄마는 탁
자 위에 있던 포스트잇에 무엇인가를 적었다.

"이거 엄마 전화번호. 여기 숫자 보이지? 이거 누르면 엄마하고
통화돼. 엄마도 수연이와 함께 살 수 있으면 좋을 텐데 지금은 힘
들어. 엄마도 속상한데 어쩔 수 없이 이래야 될 것 같아. 엄마하고
같이 살지는 못하지만 통화는 되니까……. 전화할 수 있지? 엄마
생각나면 전화하는 거다. 알았지?"

엄마는 숫자가 적힌 종이를 내게 펴 보이더니 주머니에 넣어 주
었다. 나는 엄마를 뚫어지게 바라봤다. 엄마의 진짜 마음을 알고
싶었다. 엄마와 눈을 마주치며 말하는 것이 이번이 마지막일지도

모르겠다는 생각에 불안했다.

"영어 공부 열심히 하고 있으면 엄마하고 또 만날 거야. 약속."

엄마가 또 새끼손가락을 내밀었다. 나는 마지못해 손가락을 걸었다. 그 순간 엄마를 껴안아야 할지 화내야 할지 헷갈렸다. 매달리고 싶었지만 꼼짝할 수 없었다.

이모 집에 보내진 지 한 달 만에 나는 다시 아빠 집으로 돌아왔다. 아빠는 나만큼이나 실망한 얼굴이었다. 그 순간 앞으로는 아빠에게 혀를 내밀며 장난치는 일도, 업어 달라거나 소꿉놀이를 하자고 조르는 일도 없을 것 같다는 생각이 들었다. 그리고 엄마를 만나기 전의 나와 앞으로의 내가 달라지리라는 생각도.

아빠는 트럭에 과일을 싣고 다니며 팔던 일을 그만두고 관광버스 운전을 하고 있었다. 집에는 어떤 여자가 와 있었다. 나는 보름후 할머니 집으로 보내졌다. 내가 다니는 초등학교가 할머니 집에서 가깝다는 이유에서였다.

할머니는 아빠와 다르게 화난 얼굴이었다. 얼마나 화났는지 온종일 욕을 해 댔다. 엄마 욕을 실컷 하다가 같은 얘기를 열두 번쯤 반복하며 아빠 욕을 해 댔다. 아빠 욕을 열 번쯤 반복하다가 지치면 신세 한탄을 했다. 그것도 지치면 고집불통이라며 내 흉을 봤다.

나는 그 소리가 듣기 싫어서 아빠 집으로 돌아가겠다고 떼를 부렸지만 할머니는 들은 척도 안 했다. 나는 골이 나서 할머니가 차려 준 밥은 거들떠보지 않았다. 모두가 내게 심술을 부리는 것 같아 나도 누군가에게 심술을 부려야 했다.

그때 나는 내가 어른들에게 거추장스러운 존재라는 게 믿기 힘들었다. 나처럼 혼자서도 잘 놀고 말도 잘하고 아빠한테 장난도 잘 치고 할머니에게 안마도 잘해 주는 애가 거추장스럽다니. 심지어 엄마에게는 나보다 강아지가 더 소중했던 것도 같다. 엄마는 종종 호주 집에 두고 온 강아지 걱정에 호주로 전화도 했던 것이다.

그런데도 나는 엄마 생각이 자주 났다. 향긋한 냄새, 나긋나긋한 말씨, 내 손을 잡았을 때의 보드랍고 따뜻한 느낌 모두. 아빠나 할머니에게는 없는 것들이었다.

할머니 집으로 온 지 한 달쯤 지났을 때 엄마가 준 쪽지를 펴 놓고 전화를 했다. 망설이고 망설이다가 한 전화였다. 이 정도로 참고 하는 전화니까 엄마도 내 마음을 알아주겠지 하는 마음이었다. 전화번호를 누르고 벨이 울릴 때는 심장이 심하게 두근거렸다. 나는 심장 뛰는 소리를 들으며 수화기 너머로 엄마 목소리가 들리기를 온 힘을 기울여 기다렸다.

"헬로?"

엄마 목소리였다.

"엄마, 수연이에요."

"그, 그래. 수연이구나."

엄마는 머뭇거리면서 대답하더니 잠깐 말이 없었다.

"보고 싶어서 전화했어요."

"아, 그래, 그랬구나. 엄마도 보고 싶긴 해. 하지만 수연이가 좀 더 크면 보자. 호주와 한국은 너무 멀어서 당장은 볼 수가 없어. 수연이가 혼자 여기 올 수도 없고. 그렇지?"

엄마 목소리 뒤로 어떤 남자가 영어로 말하는 소리가 들렸다. 엄마도 남자에게 영어로 대꾸했다. 그 말뜻이 궁금했지만 알 수 없었다.

"엄마가 지금 좀 바빠. 뭔 일 있어서 전화한 건 아니지? 한국에 들어가게 되면 연락할게. 그때 보자. 그때까지 잘 지내고 있어. 공부 열심히 하고."

내가 잠자코 있자 엄마는 빠르게 덧붙였다.

"여보세요? 그래, 수연아, 엄마 말 알아들었지?"

내가 엄마 보러 호주에 가겠다고 한 것도 아닌데. 단지 보고 싶다고 얘기한 것뿐인데. 엄마 말이 무슨 뜻인지 이해되지 않았지만 더는 묻지 않았다. 그 대신 쌓아 둔 이야기를 빠르게 쏟아 냈다.

"엄마, 나 3학년 됐어요. 영어도 엄청 잘해요. 어제는 친구들한테 영어로 하이, 굿모닝 하고 인사했어요. 영어 노래도 할 줄 알아요. 해 볼까요? 오늘은 아빠가 할머니 집에 온다고 했는데 아직 안 왔어요. 할머니는 시장에 갔고요. 혼자 있어서 전화하는 거예요. 근데 학교 가는 길에 개나리도 피었어요. 엄마, 한국은 이제 따뜻해요."

두서없이 말하고 있다는 걸 나도 알고 있었다. 그러나 우는 것보다는 나았다. 이러다 울음을 터뜨리는 건 아닐까 하는 생각에 마음이 조마조마했다. 어차피 울게 되겠지만, 지금 울기까지 하면 엄마가 나를 더 싫어할 거였다.

엄마가 내 말에 별다른 대꾸를 안 했기 때문에 나는 눈물이 나오기 전에 수화기를 내려놓았다. 그리고 곧바로 엄마의 전화번호가 적힌 쪽지를 구겨 휴지통에 버렸다. 어린 나이였지만 엄마의 반응이 무엇을 의미하는지 어렴풋이 알고 있었다.

참으려고 했지만 결국 눈물이 흘렀다. 큰 소리를 내며 한참을 울었다. 슬픔이라기보다 분노에 가까웠다. 이럴 줄 알았으면 전화번호도 돈도 받지 않는 건데. 엄마가 날 필요로 하지 않는데 왜 나는 엄마를 잊지 못하고 마음에 남겨 두었을까? 엄마는 내가 듣고 싶어 하는 말을 해 주지 않았다. 그래서 이제 진짜로 엄마를 잊을 수 있을 것 같았다.

하지만 엄마가 없었을 때는 몰랐는데 잠깐이라도 있다가 사라지니 엄마를 잊기가 더 힘들었다. 사소한 것 하나로도 한 사람의 삶이 행복해지기도 불행해지기도 하는 법인데, 심지어 엄마는 사소하지 않은 사람이었다. 엄마를 미워하고 원망하면서도 내 마음에서 엄마를 완전히 지워 버리지 못했다. 오히려 더 자주 떠올랐다. 나는 결국 하루가 지나기도 전에 휴지통에서 구겨진 쪽지를 다시 꺼냈다. 그러고는 의자를 딛고 올라서서 책꽂이 제일 위에 꽂힌

백과사전 사이에 넣어 두었다.

그 뒤로 학교에서 가족에 대해 쓰라고 하면 적을 말이 없었다. 가족이라는 말 자체가 나에게는 어울리지 않았다. 나에 대해서도 별다르게 할 말이 없었다. 나는 엄마, 아빠의 실수로 태어난 걸까 하는 생각을 거부할 수 없었고, 그래서 나 자신을 사랑하기 힘들었다. 어쩌면 나와 엄마, 아빠는 서로의 인생을 배신한 존재였다. 그리고 나는 부모가 원하지 않았는데 생겨서 부모의 인생을 꼬이게 한 아이였다. 자기 인생도 꼬인 아이.

그 이후 지금까지 엄마에게 연락하지 않았다. 임신을 확인한 뒤로 그동안 밀봉되어 있던 엄마에 대한 생각이 한꺼번에 터져 나왔지만, 수화기를 들면 그때 엄마와의 통화가 떠올랐다. 혹시라도 또다시 실망하게 될까 봐 두려웠다. 그리고 깨달았다. 이미 나는 심리적으로 고아이며 그것이 나를 붙잡고 좀처럼 놓아주지 않으리라는 걸. 자녀를 걸림돌이라고 생각하는 부모도 있다는 걸. 그것이 내 부모라는 걸. 임신한 것만큼이나 들추고 싶지 않은 진실이었다. 그러면서도 누군가 내 삶을 변하게 할 문을 열어 주기를 기다렸다. 누군가 나타나기를 기다리며 줄곧 미지의 문 앞에 서 있는 느낌이었다.

지금이 구 년 전보다 더 나쁠까? 문을 바라보며 생각했다. 아홉 살 때처럼 무서운 일은 앞으로 없을 거라고 장담했는데. 지금, 무서웠다.

'사랑아이집' 건물을 다시 올려다보았다. 그냥 돌아갈까? 잠깐 마음이 흔들렸지만 이내 지금 얼마나 절박한 심정으로 이 자리에 서 있는지에 생각이 미쳤다. 나는 다시 한번 큰 숨을 내쉬고 천천히 초인종을 눌렀다.

두 번째 문

◇◇◇◇◇◇◇◇◇◇◇◇◇◇◇◇◇◇

"어제…… 오전에 전화 건 사람인데요."

나는 태연한 척 애쓰며 말했다. 학생 신분으로 아이를 낳아야 한다는 사실에 나 스스로 당당하지 않았기 때문에 오히려 더 당당해 보이고 싶었다.

"아, 어서 와요. 가방은 이리 주고. 여기 슬리퍼로 갈아 신고 들어와요."

한 여자가 문을 열더니 현관 오른쪽에 있는 신발장을 가리켰다. 그 옆에는 유모차 두 대가 접혀 있었다.

"우선 사무실로 갈까요."

여자는 내 가방을 들고 2층으로 올라갔다. 여자를 따라가는데 아기 우는 소리가 들렸다. 이렇게 가까이서 아기 우는 소리를 듣는 건 처음이었다. 그 소리에 익숙해져야 했지만 순간 소름이 돋아 나도 모르게 두 팔을 포개 웅크렸다.

"3층과 4층은 임신부와 산모가 쓰는 방이고, 2층은 사무실이에요. 1층에는 식당이 있고 지하에 강당과 도서실이 있어요."

여자가 사무실 문을 열자 안에 있던 사람들이 나를 쳐다봤다. 이모네 식구들과는 다른 눈빛이었지만 나는 과거로 미끄러져 들어간 듯한 착각이 일었다. 이들에게 의지해 내 삶이 바뀌기를 기대하면서도 어쩐지 나 혼자 이방인인 느낌. 엄마에게 내가, 나에게 아기가 이방인인 것처럼.

내가 머뭇거리며 문 앞에 서 있자 안쪽 자리에 앉아 있던 안경 쓴 여자가 일어섰다.

"어서 와요. 어제 통화한 친구지? 구 개월?"

내 얼굴과 배를 번갈아 보며 말했다.

"35주쯤 됐을 거예요."

"그럼 다음 달…… 어디 보자……."

여자는 선 채로 책상 위에 놓인 탁상 달력을 넘겼다.

"11월 말쯤 출산이네?"

"네."

내 말에 여자는 고개를 끄덕이고는 상담실에 잠깐 앉아 있으라며 맞은편 방을 가리켰다.

상담실 문을 열자 입구에 미혼모 쉼터에서 발간한 작은 책자가 쌓여 있고 한쪽 벽에는 포스터 두 장이 붙어 있었다.

미혼모 인식 개선 캠페인
새 이름 짓기 공모전

미혼모의 새 이름을 지어 주세요

미혼모가 되는 순간 가족과의 단절,
사회적 낙인, 생활고라는 삼중고를 떠안고 살아가게 됩니다.
이 중 가장 어려운 건 사회의 따가운 시선입니다.

왜 새로운 이름이 필요할까요?

'말'은 사회 구조와 통념을 반영하고 인식을 지속시키는 강력한 힘을 지닙니다.
미혼모를 대신할 수 있는 '새 이름'을 통해 미혼모에 대한 긍정적 인식을 기르고
미혼모가 아이를 양육할 수 있는 사회를 조성하고자 합니다.

＊주최: 대한한부모가족지원센터 / ＊주관: 미혼모자지원단체협의회
＊Daum '아고라'에서 미혼모 관련 토론과 응원 성명을 진행하고 있습니다. 많은 참여 부탁드립니다.

미혼모·부자 지원 안내

프로그램별 인원 제한이 있으니 미리 신청해 주시기 바랍니다. 선착순 마감입니다.

지원 서비스별 사업 안내

상담 / 친자 검사비 / 취업 및 교육 / 양육 물품 전달 및 유아 의료비
부양 의무자 또는 주변에 도움을 받고 있지 않은 미혼모·부자 우선 지원

자세한 안내는 사랑아이집으로 문의 바랍니다. 전화 070-3988-0927

포스터 내용을 꼼꼼히 읽었다. 작년까지만 해도 이런 내용을 관심 있게 보리라고는 전혀 예상하지 못했는데, 지금은 조급하고 두려운 마음에 사소한 정보 하나 지나칠 수 없었다.

상담실 입구에 있는 손바닥보다 조금 큰 책자도 유심히 보았다. 책자에는 미혼모들이 요가를 하거나 성교육을 받거나 견학을 간 사진과 설명이 실려 있었다. 미혼모 사진은 모두 뒷모습이거나 옆모습이었는데, 혹시라도 정면이 찍힌 경우에는 얼굴을 알아볼 수 없도록 꽃 그림이 겹쳐 있었다. 여자가 들어왔을 때 나는 그 꽃 그림 뒤의 얼굴을 상상하고 있었다. 인정하기 싫어도 나와 닮았을 얼굴을.

"우선 여기 입소 원서를 좀 써 주고."

여자가 내민 종이에는 이름과 나이, 주소, 가족 관계, 출산 예정일 등을 적을 수 있는 칸이 있었다. 나는 학교 대신 이곳에 앉아 있는 게 낯설었지만 냉정함을 유지하려고 온 신경을 쏟았다. 침착하게 종이를 받아 들었다. 그러나 입소 원서를 읽자마자 머릿속이 혼란스러워졌다.

"가족 관계는 뭐라고 써요?"

"말 그대로 가족."

나는 선뜻 쓰지 못하고 볼펜을 쥐고만 있었다. 아빠와 영미 씨 이름을 써야 하나? 아니면 배 속 아기와…….

"여기 오기 전에 같이 살던 가족 있지? 그 가족 이름을 쓰면 돼."

여자는 내 생각을 읽은 것처럼 말했다. 종이를 내밀자 여자는 내가 쓴 내용을 훑으며 몇 가지 더 물었다.

"아빠하고 둘이 살았구나. 엄마나 다른 형제는 없고?"

"엄마는 따로 살고요, 형제는 없어요."

"아빠는 네가 여기 온 것 아시니?"

"아뇨."

"그럼 어떻게 알고 계셔?"

"친구와 지내는 줄 아세요."

"친구?"

"작년 겨울에 집 나와서 친구 집에서 살았어요."

"애 아빠는?"

"학교 다녀요."

"연락은 되는 거지?"

"네."

"혹시 아기에 대해 애 아빠와 의논한 거 있니?"

"그게…… 아직은…….'

"양육할지 입양할지 결정은?"

"그게…… 아무래도 양육은 힘들 것 같아요."

"그래, 알겠어. 지금 생각하고 나중 생각이 달라질 수도 있으니까 이곳에서 지내면서 신중하게 생각해 봐. 알겠지? 우선 엄마와 아기 건강이 중요하니까 여기서는 그런 점에 신경 쓰고."

"네⋯⋯."

나는 겨우 대답했다. 내 이름 대신 엄마라니, 그리고 나의 아기라니!

"병원에는 언제 가 봤지?"

"넉 달 전쯤요. 그때 사 개월 지났을 거라고⋯⋯."

"그럼⋯⋯ 출산 예정일이 다음 달⋯⋯ 11월 26일이구나."

여자는 내가 적은 날짜를 보며 말했다.

"대략 그쯤 될 거 같아요."

"학교는?"

"병결 처리했어요. 출석 일수 간신히 맞출 수 있을 것 같아서요. 졸업은 하려고요."

"응, 그래야지. 잘했구나. 지금까지는 학교 다닌 거야?"

"지난주까지 다녔어요."

나는 나를 향한 비난 어린 시선들과 수군거림이 떠올랐지만 담담한 척했다. 태연해 보이고 싶었다.

"그 몸으로?"

"네."

"힘들지 않았어?"

"힘들었죠. 몸보다도 마음이⋯⋯."

여자가 내 말에 귀 기울이는 것 같아 나는 더 이야기하고 싶었다. 누군가에게 털어놓고 싶었다. 하지만 여자는 휴대 전화를 흘깃 보더니 이내 파일을 넘겨 종이를 뒤적이기 시작했다. 더 이어질 말을 듣고 싶어 하는 기색이 아니었다. 그 모습을 보자 나는 빨리 방에 가서 쉬고 싶다는 생각이 들었다.

"그래, 그랬겠네. 자…… 우선 여기서 지내려면 기본적으로 지켜야 할 것들이 있어. 읽어 보고 궁금한 것 물어봐."

여자가 입소 규칙이 적힌 종이를 꺼내 내게 내밀었다.

사랑아이집 규칙

1. 식사는 정해진 시간에 합니다.
   (아침 7:30~8:30, 점심 12:30~13:30, 저녁 18:30~19:30)
2. 모든 숙식과 분만 의료는 무료입니다.
3. 한방을 쓰는 임산부는 청소 및 정리 등을 서로 돕습니다.
4. 사랑아이집에서 운영하는 프로그램에 적극적으로 참여합니다.
5. 외출은 복지 상담원의 허락하에 가능합니다.
6. 일주일 중 하루는 복지 상담원의 허락하에 외박이 가능합니다.
7. 보호 기간이 만료되었거나 본인이 원하는 경우 퇴소할 수 있습니다.
8. 음주 및 흡연 시 바로 퇴소 조치합니다.
9. 기타 시설 입소 보호가 부적당하다고 복지 상담원이 판단한 경우
   퇴소시킬 수 있습니다.

"언제까지 있을 수 있어요?"

내용을 훑으며 물었다.

"입소 후 최장 육 개월까지. 더 필요하다고 판단되면 육 개월 더 연장할 수 있고."

"만약 아이를 입양 보내려면……."

"여기는 원래 태교부터 출산까지를 돕는 곳이지만, 원하면 입양 기관이랑 연계해서 절차 밟는 것을 도와줄 거야. 양육해야 하는데 갈 곳이 마땅치 않으면 공동육아방에 들어가도록 도와줄 수도 있고."

"공동육아방요?"

"응. 공동육아방은 양육과 자립을 돕는다고 보면 돼. 미혼모자를 위한 임대 주택이 제공될 때도 있는데 그건 기회가 매번 있는 건 아니고."

"만약 그곳에 가게 된다면 얼마 동안 있을 수 있어요?"

"공동육아방은 최장 사 년 육 개월 정도. 임대 주택은 이 년 계약일걸. 자세한 건 더 알아봐야 돼."

"그럼 혹시 학교도 다닐 수 있나요?"

"그쪽 사정에 따라 달라질 수는 있는데 기본적으로는 학교나 학원 다 다닐 수 있지. 여기서 퇴소할 때 상담하고 결정하면 될 거야."

"네. 만약 입양 보내게 된다면 여기서 계속 있을 수……."

진짜 궁금한 내용이었지만 내 마음을 들키기 싫어서인지 목소리가 기어 들어갔다.

"정해진 기간까지는 있을 수 있지만, 입양 보내고 나면 아무래도 다들 퇴소하는 편이지. 기간 더 연장하려면 아기를 직접 양육할 산모여야 해."

"네……."

"아기 아빠나 엄마가 미성년자이면 입양 보낼 때 보호자의 동의가 필요해. 또 아기는 출생 신고를 해야 하고."

"비밀로 할 수 있는 방법은 없나요?"

어쩔 수 없이 목소리가 더 작아졌다.

"글쎄…… 없는 것 같은데. 출생 신고를 해야 아기도 자신에 대해 알고, 만약 나중에라도 아기가 친부모 찾고 싶어 할 때 연락할 수 있을 테고. 안 그래?"

여자는 아기 입장도 생각해 봐야지? 라고 말하듯 나를 바라봤다. 나는 얼굴이 화끈 달아올랐다.

아무도 모르게 아기를 입양 보낼 수는 없었다. 마음속뿐 아니라 서류에도 흔적을 남겨야 했다. 결국에는 아빠에게도 알려야 했다. 내 몸이 몇 배는 더 무겁게 느껴졌다.

"프로그램은 여러 가지 있으니까 되도록 모두 참여하면 좋아. 요가나 바느질 시간이 있고, 성교육이나 독서 모임도 있어. 일주일에 서너 번 외부 선생님이 오실 거야."

"안 해도 돼요?"

"힘들지만 않다면 되도록 했으면 좋겠는데. 태교와 산모의 건강을 위한 프로그램이니까. 수업에 빠지고 싶을 때는 나한테 말해. 사정을 보고 봐줄게."

"네."

"병원은 정기적으로 검진받게 할 거니까 따르면 되고. 출산 전에 두세 번 정도 보게 될 거야. 혹시라도 몸에 이상이 있거나 상담할 일 있으면 언제든지 사무실로 내려와. 알았지?"

"네."

"아 참, 그리고 주민 등록 등본과 가족 관계 증명서는 차차 떼어와."

"아…… 집이 먼데요."

"이곳 주민 센터에서도 뗄 수 있어. 컴퓨터로도 발급되는데…… 혹시 공인 인증서 있니?"

"아뇨."

"그럼 나중에 외출 끊어 줄 테니까 근처 주민 센터에서 떼도록 하자."

"네."

"자, 그럼 방에 올라가 볼까? 두 명하고 같이 지내게 될 거야."

여자가 일어섰다. 나도 따라 일어섰다. 나는 자연스럽게 한 손을 배에 올리고 한 손으로 허리를 짚었다.

여자가 내 여행 가방을 들고 앞장섰다.

"개월 수에 비해 배는 많이 안 나와 보이는데? 태동은 어때?"

"전에는 아랫배에서 자주 느껴졌는데 요즘은 윗배가 자주 꿀렁대요."

"아기 머리가 아래로 향해서 그럴 거야. 활동적인 아기인가 보다."

그 말을 하며 나를 바라봤다. 마치 날 닮아 그러냐는 듯이.

나는 대답 대신 억지 미소를 지어 보였다. 내가 활동적인가? 그런 것 같기도, 아닌 것 같기도 하다. 나를 닮은 아기를 생각하니 온몸이 조여 오는 것 같았다.

"근데 가방에는 뭐가 들었니?"

"옷과 소지품요."

헐렁한 원피스와 티셔츠, 운동복과 속옷, 두툼한 겉옷 한 벌이 전부였다. 최소한의 화장품 몇 개와 다이어리, 필기된 노트 몇 권도 들어 있었다. 그리고 수능 기출문제집이 있었다. 그 사실이 떠오르자 저절로 얼굴이 굳어졌다. 수능을 볼 수 있을까……. 지금은 장담할 수 없었다. 아니, 어려웠다.

내가 묵을 방은 3층이었다. 여자를 따라 방에 들어가자 임신부 한 명이 앉아서 텔레비전을 보다 말고 나를 돌아봤다.

"지은이는 어디 갔어?"

"지하 도서실에 내려간 거 같아요."

"걘 도서실 자주 가네. 여긴 오늘 들어온 친구야. 이름은 이수연.

한동안 같이 지내게 될 거야. 여기는 해영이고. 수연이가 저쪽 침대를 쓰면 되겠다."

여자는 문 가까운 곳에 붙어 있는 침대를 가리켰다. 그러고는 저녁 시간에 맞춰서 내려오라고 말하며 방을 나갔다.

해영이는 나보다 배가 더 나와 보였다. 나를 보더니 웃으며 눈인사를 했지만 나는 웃음이 나오지 않았다. 반갑다고 하기에는 뻘쭘했다. 나온 배도 어색할 지경인데 비슷한 몸으로 마주 서 있는 꼴이라니!

"몇 살이에요?"

내가 먼저 말을 꺼냈다.

"열일곱."

"고 1?"

"학교 다닌다면 그렇긴 해요."

"그럼 우리 말 놓자. 난 열여덟. 학교 일찍 들어가서 고 3이야."

내가 말했다. 해영이는 내 말에 고개를 끄덕했다. 나는 배가 허리를 누르는 것 같아 침대에 옆으로 누웠다.

"언니는 몇 개월이야?"

해영이가 물었다.

"구 개월. 넌?"

"38주."

"출산 얼마 안 남았네. 학교는 휴학했어? 아님 병결?"

"둘 다 아니."

해영이는 더 말하지 않았다. 그 대신 텔레비전 채널을 이리저리 돌렸다. 휴학이나 병결이 아니라면 자퇴나 퇴학이었다.

내가 처음 임신 사실을 알았을 때 첫 번째로 생각한 건 아무도 모르게 아기를 지우는 것이었다. 아기를 낳기로 하고는 휴학이나 자퇴를 생각했다. 하지만 한 학기만 버티면 졸업이었다. 휴학하기에도 자퇴하기에도 아까웠다. 더구나 지금까지 내 꿈은 무슨 수가 있더라도 집에서 독립하는 거였다. 아빠의 그늘에서 벗어나는 것, 신세지지 않는 것. 그 첫 번째 관문이 고등학교 졸업이었다.

그까짓 것 대학교도 아니고 고등학교 졸업이 뭐가 어려울까, 우습게 봤는데. 지금은 고등학교 졸업을 위해 넘어야 할 산이 겹겹이었다.

해영이 사연이 궁금했지만 더는 묻지 않았다. 누구나 자기가 드러내고 싶은 부분만 남들에게 보이는 법이다. 이미 아홉 살 때 알아 버린 관계의 비밀 같은 거였다. 진짜는 감추고 그럴듯한 가짜를 내보이는 것. 하지만 어디까지가 진짜이고 어디까지가 가짜일까를 생각하다 보면 어느 것도 확신할 수 없었다.

한 달 정도 함께 지낸 엄마는 웃다가도 무표정해지고 무슨 말을 하다가도 갑자기 침묵했다. 그 모습이 나를 불안하게 했는데 뭔지는 몰라도 미소나 말이 멈추고 나서 불쑥 깃드는 표정이 진심 같았다. 그 모습을 여러 번 떠올리다 보면 애매한 것일수록 진짜가 아닐까 하는 이상한 결론에 도달했다. 엄마의 흔들리던 눈동자, 나와 눈을 맞추지 않던 아빠의 시선, 내가 몇 번이고 눌렀다 지워 버린 전화번호, 그리고 지금의 마음……. 정확히 알 수 없고 애매할수록 진실에 가깝게 느껴졌다.

엄마와 아빠를 이해하고 싶어 지난 시간을 되풀이하여 생각했다. 하지만 결코 나를 위해서라는 이유로는 이해되지 않았다. 부모가 앵무새처럼 말하는 게 고작 '나를 위해서'라니! 그게 진실이었다고? 웃기는 소리다.

그때 나는 설령 부모라도, 누구든 나이가 많다는 이유만으로 대우해 주지 않겠다고 결심했다. 나이 많은 게 자랑도 아니고, 내세울 일도 아니다. 나이 말고 다른 걸 내세우면 생각해 볼 의향은 있다. 선량함이나 용기, 진정성, 뭐 이런 한마디로 규정하여 표현하기 곤란한 것들 말이다.

그런데 지금의 나는 나에 대해 할 말을 찾고 있었다. 다른 것들에 대해 내 의견이 확고한 것처럼 아기를 위해 내가 뭘 해야 할지 누군가 귀띔이라도 해 주길 바랐다. 입양 보내야 하는지 양육해야 하는지, 양육한다면 어떻게 해야 하는지. 그리고 내 인생은 어떻게 달라질지.

해영이는 침대에 걸터앉아 비스듬히 누워 있는 나를 바라봤다. 내가 별말이 없자 묻지도 않은 말을 했다.

"난 들어온 지 한 달 됐어. 배도 너무 티 났고."

"그 전에도 표시 나지 않았어? 난 여름 방학 지나니까 티 나던데."

나는 해영이 배와 내 배를 번갈아 바라봤다.

"헐렁하게 입으면 별로 티 안 났어. 집에서도 몰랐으니까. 언니는 집에서 알아?"

"아니. 나야 집에 안 사니까. 하지만 친구들은 알았을 거야."

임신한 사실을 은지 외에 누구에게도 털어놓지 않았지만 어쩐지 아이들은 나를 보고 수군거렸다. 누가 보더라도 배가 나와 보였을 것이다. 어쩌면 전학을 해야 했던 순간부터 나에 대한 소문은 다 나 있었을지도 모른다. 다니던 학교나 전학 간 학교 양쪽 다에서. 소문이란 늘 당사자가 제일 늦게 아는 법이니까.

"사랑이가 좀 쉬고 싶은가 보다."

해영이는 침대에 모로 누웠다.

"아기 이름이야?"

"아니, 태명. 사랑 많이 받으라고 사랑이야."

해영이는 배시시 웃었다.

"태명 있어야 하나?"

"여기 있는 임산부들 다 태명 있는데…… 언니도 지어 줘."

"그래? 글쎄……."

"성별은?"

"아직 몰라. 병원에서 물어볼 기회가 없었어."

"여기 전담 병원 있으니까 다음에 진료 갈 때 물어봐. 안 궁금해?"

"궁금하지. 다음에 물어봐야겠다."

일부러 궁금해하지 않았다는 말은 하지 않았다. 아기를 지우려 했기에 아기에게 최대한 마음을 주지 않을 생각이었다. 아기를 낳아야겠다고 결심한 다음에는 병원에 간 적이 없었다.

나는 억지로 웃는 표정을 지으려 했기 때문에 볼 근육이 조금 떨렸다.

"다른 애는 몇 살이야?"

나는 조금 뜨거워진 얼굴을 식히려 일어나 앉았다. 머리를 두 손으로 훑어 올려 묶었다.

"누구?"

"여기 방 같이 쓴다는……."

"아…… 언니야. 스물세 살이랬어."

그때 방문이 열렸다. 비쩍 마르고 키가 큰 여자가 들어왔다. 배만 불룩했다. 나를 슬쩍 보고는 말없이 침대로 가 누웠다.

"새로 왔어요."

해영이가 말했지만 여자는 나를 등진 채 누워 어깨를 모으고 몸을 태아처럼 웅크렸다. 그러다가 위층에서 아기 우는 소리가 들리자 아예 이불을 뒤집어썼다.

2부

학교에서 가르치지 않는 것

학교에서 가르쳐 주지 않는 화법

1. 다음 중 상황에 맞는 말하기로 가장 적절한 것은?

① 남자 친구한테 사랑한다는 고백을 듣고 나는 "결혼하자."라고 말했다.

② 친구가 임신한 사실을 털어놓았을 때 나는 "태교에 힘써야지."라고 말했다.

③ 아기를 낳겠다는 친구에게 나는 "너 제정신이니? 당장 지워."라고 말했다.

④ 내가 집을 나가겠다고 짐을 챙기자 아빠는 "다시는 들어올 생각 마라."
   라고 말했다.

⑤ 내가 임신한 채 학교에 다니겠다고 말하자 선생님은 "교내 분위기를 망쳐서
   곤란해."라고 말했다.

집을 나온 이유

쉼터에 오기 전, 나는 은지와 살았다. 지난겨울부터다. 할머니가 폐암 진단을 받고 석 달 만에 돌아가신 뒤였고, 아빠가 운전하다 사고를 내고 빚진 채 할머니 집으로 들어온 지 두 달이 지난 때였다.

아빠가 할머니 집으로 들어올 때 아빠 옆에는 예전의 여자들과 다르게 키가 작고 통통한 여자가 서 있었다. 아빠와 함께 사는 세 번째 여자였다. 아빠는 마트에서 배달 일을 하고 있었는데 같은 마트에서 일하는 계산원이라고 했다. 아빠가 그 여자를 영미 씨라고 불렀기 때문에 나도 똑같이 영미 씨라고 불렀다.

아빠가 데려온 다른 여자들처럼 나는 영미 씨가 처음 본 순간부터 마음에 들지 않았다. 나를 오래전부터 알았던 것처럼 굴어서 더

욱 못마땅했다.

영미 씨가 나를 처음 보자마자 한 말은 "기지배가 옷이 그게 뭐냐? 멋 부리다 빤스 다 보이겠어. 뭐라도 좀 걸쳐라."였다. 나는 짧은 반바지에 헐렁한 긴팔 셔츠를 입고 있었다. 편한 복장으로 있었을 뿐이다. 영미 씨의 등장만으로도 기분 나쁜데 말투는 더더욱 내 기분을 상하게 했다. 아빠가 이제는 아무하고 막 사귀는구나 하는 생각에 나까지 후진 기분이 들었다. 내가 인상을 찌푸리자 영미 씨가 씩 웃었는데 덧니가 도드라져 보였다. 은지가 제 덧니를 보며 투덜거릴 적마다 나는 귀여워 보인다고 했지만 영미 씨 것은 아니었다. 뾰족하고 누런 게 거슬릴 뿐이었다.

내가 아빠에게 "또야?"라고 물었을 때 아빠는 담배만 피워 댔다. 차라리 그래야만 된다고 말했으면 내가 포기했을 텐데. 아빠는 나와 눈도 마주치지 않은 채 우물쭈물 대답을 못 하고 있었다. 그 모습이 비겁하고 안쓰러워 보였다. 마음에 안 들었다. 내가 아홉 살이 되기 전 활달하고 장난꾸러기 같던 아빠는 온데간데없었다.

할머니와 둘이 살 때는 서로 말이 없어도 지낼 만했는데 할머니 대신 아빠와 영미 씨가 함께 살면서 집 안 분위기는 꼬이기 시작했다. 영미 씨는 임신 중이었다. 아빠는 영미 씨 눈치 보기 바빴고 나는 두 사람 눈치를 다 봐야 했다. 셋이 살기에 아니, 사이 나쁜 가족이 살기에 열한 평 임대 아파트는 너무 좁았다.

내가 보기에는 서로가 조금씩 미움을 갖고 있었던 것 같은데 영미 씨가 유산하게 되면서 온갖 미움이 내게로 쏟아졌다. 영미 씨한 테는 나이 들어 생긴 첫 아이였는데 나 때문에 스트레스가 가중됐 다고 했다. 그 말이 억울하긴 했지만 딱히 아니라고 말할 입장도 아니었다. 영미 씨가 임신한 걸 알고는 너무나 끔찍한 기분이었으 니까. 배가 다른 동생이 생긴다니! 상상만으로도 싫었다.

더구나 아빠의 행동은 내게 반칙처럼 여겨졌다. 내 자리가 침범 당한 느낌이었다. 마치 할머니가 돌아가시기를 바랐던 것처럼 아 빠가 집으로 들어왔으니까. 한동안 나는 누구도 내게 말을 붙이지 못하도록 가시를 세우고 침묵으로 시위했다.

하지만 집을 나오기 전날은 달랐다.

"아빠, 그냥 밖에서 여자 친구로 만나면 얼마나 좋아. 유산된 게 차라리 잘된 거 아냐? 나도 제대로 책임 못 지면서 다른 애는 책임 질 수 있어? 꼭 같이 살고 애까지 낳아야 돼? 그러고 싶어?"

"내가 뭐라고 불러야 하는 거야? 새엄마? 엄마? 난 엄마 소리 안 나와."

"왜 나한테는 의견을 안 물어봐? 아빠 인생에서 나는 아무것도 아냐? 상관없어? 그러니까 날 속이고 버리려고 했겠지. 내가 모를 줄 알고?"

"하긴 버림받은 주제에 내가 뭔 말을 하겠어."

이런 얘기가 아빠를 괴롭힌다는 것을 알고 있었다. 아빠를 괴롭 히기 위해 나는 더 노골적으로 말했다.

아빠가 엄마에게 양육비를 지급하지 못해 내가 되돌아왔을지도 모른다는 점은 이미 내 심장에 지울 수 없는 문신으로 새겨져 있었다. 나는 엄마와 아빠 둘 다 창피했다.

예전에도 아홉 살 때 일에 대해 몇 번이고 말을 꺼내려고 했다. 나는 아빠에게 미안하다는 말이나 오해가 있다며 엄마나 아빠를 이해하게 해 주는 말을 듣고 싶었다. 그러면 엄마나 아빠를, 그리고 나 자신을 덜 미워했을 텐데. 잠 못 이루거나 악몽 꾸는 날이 줄어들었을 텐데. 아주 가끔은 엄마나 아빠를 그리워했을 텐데. 그러면 구 년 전처럼은 아니더라도 아빠와의 사이가 지금보다는 더 좋았을 텐데.

그러나 내가 지난 일을 말하려 할 때마다 아빠는 딴청을 피우거나 아무 일도 없었다는 듯 철저하게 모른 척했다. 잠자코 있으면 꺼내 보기 비참한 시간이 저절로 사라지기라도 할 것처럼. 하지만 기억은 그렇게 호락호락하지 않다. 과거는 썰물처럼 뒤로 빠지는가 싶다가도 어느새 밀물이 되어 현재를 덮치기 마련이다.

어쩌다 아빠와 이야기를 할 때마다 우리는 달라도 너무 다르고 통하는 게 별로 없다는 걸 실감할 뿐이었다. 그럴수록 아빠가 더 싫어졌다. 어느 때는 경멸하는 마음마저 들었다. 아빠가 내 마음을 모를 리 없었다. 결국 서로가 기분 나빠지지 않도록 최대한 대화를 피하는 게 우리가 한집에서 같이 사는 방법이었다.

"아빠는 비겁해. 찌질하고."

집을 나오기로 한 그날은 아빠 처지를 생각하여 말을 거르고 싶지 않았다. 미처 자제할 겨를도 없이 말이 쏟아져 나왔다. 뱉은 말을 다시 삼키고 싶었지만 오히려 더한 말이 쏟아졌다.

"얼마나 무능력하고 못났으면 도망간 엄마한테 나를 버리려고 해? 아니지, 여자한테 환장해서 그랬나? 쪽팔린 줄도 모르고……."

아빠에게 맞은 건 그때가 처음이었다. 아빠 손이 내 뺨을 향하다가 멈칫하는 것 같더니 내 목덜미에 닿았다. 아빠의 표정이 꼭 나를 아홉 살 때 이모 집 앞에 제대로 버리지 못한 걸 후회하는 것 같았다. 그게 미워서 나는 꼼짝도 하지 않고 아빠를 매섭게 노려봤다. 아주 아프지는 않았지만 아빠가 나를 때렸다는 사실에 놀라 온몸이 화끈거렸다. 그때, 아빠의 손보다 더한 말이 내게 날아왔다.

"넌 클수록 네 엄마랑 똑같아. 냉정한 년 같으니라고."

그 말은 최악의 말이었다. 나를 되돌려 보낸 엄마와 똑같다니! 더구나 할머니가 엄마한테 했던 욕을 아빠가 내게 하고 있었다. 그 순간 오랫동안 꿈틀대며 나를 괴롭혔던 기억들이 두서없이 튀어나왔다.

"아빠가 엄마보다 나은 게 뭐가 있어? 남들은 자식 공부시키느라고 별짓을 다한다는데 아빠는 나한테 뭐 해 준 것 있어? 툭하면 망해서 할머니 속만 썩이고 돈만 갖다 쓰고, 나나 할머니 아팠을 때 신경이나 써 봤어? 그러면서도 여자가 없으면 살 수가 없어?"

"내가 어떻게든 너를 키우려고…… 너를 위해……."

아빠는 또다시 손이 올라가려는 걸 있는 힘을 다해 참는 것 같았다. 눈동자뿐만 아니라 주먹 쥔 손도 떨렸다. 그동안 아빠와 나를 연결하고 있던 아슬아슬한 끈이 그 순간 끊어졌다.

어쩌면 나는 이 순간을 기다리고 있었는지도 모른다. 내게 해결되지 않은 질문들이 쌓일 때마다 속으로 생각해 왔던 순간이었다. 지긋지긋한 이 집에서 나가는 순간. 나를 엄마에게 되돌려 보내려던 일, 결국 할머니네로 보내진 일, 아빠가 데려왔던 여자들……. 그리고 하는 일마다 빚지고 할머니에게 손 벌리던 일, 나를 눈치 보게 하며 내가 원하는 게 뭔지 한 번도 묻지 않은 많은 일. 그 덕분에 내 결정은 쉬웠다.

내가 집을 나가겠다며 짐을 챙길 때 아빠는 담배만 피워 댔다. 한 번쯤은 나가지 말라고 말려 주길 바랐는데 아빠는 한마디 할 뿐이었다.

"너 나가면 용돈이고 학비고 다 끊을 테니까 그런 줄 알고 나가."

영미 씨가 오히려 내 가방을 잡아끌었다.

"아빠가 널 얼마나 걱정하는데. 어휴, 이년이 그런 생각은 못 하네. 네년이 나가면 내 맘이 안 편해. 아빠는 편하겠니?"

나는 "아 씨, 아줌마는 좀 빠져요."라고 소리를 지르면서도 머릿속으로는 미친 듯이 저울질했다. 이 집에 계속 머물렀을 때와 집을 나갔을 때 내가 치러야 할 것들에 대해.

하지만 아빠가 내게 한 짓을 떠올리며 짐을 챙겼다. 아빠나 영미 씨 마음을 편하게 해 주고 싶은 생각도 없었다. 어차피 용돈을 정기적으로 받은 적도 없었다. 아빠가 술에 취했을 때 만 원짜리 한두 장을 쥐여 주는 게 전부였다. 학비가 걱정되긴 했지만 은지와 살게 되면 아르바이트를 할 생각이었다.

"수연이 말이 좀 심해도 때리는 건 아니지. 수연이한테 얼른 사과해. 나라도 열받지. 나라도 집 나가겠네. 암, 나가고말고."

영미 씨는 아빠 팔을 붙들더니 호들갑을 떨었다. 나가라는 건지 말라는 건지. 그게 더 꼴사나웠다. 나는 빨개진 눈으로 아빠를 쏘아보며 말했다.

"아빠, 그거 알아? 나는 아직 부모에게 보호받을 권리가 있다는 거."

"뭐?"

"법과 정치 시간에 배웠는데, 난 부양받을 권리가 있고 아빠는 양육의 의무가 있어."

"뭐라고?"

아빠는 태어나서 처음 듣는 소리라는 듯 되물었다.

"이 집도 들락거릴 거니까 뭐라고 하지 마."

아빠는 제자리서 꼼짝도 하지 않고 나를 멍하니 바라봤다.

"은지 알지? 걔랑 지낼 거니까 내 걱정 말고 아빠나 저 여자 속 썩이지 말고 잘 살아."

"……."

나는 보잘것없이 궁상스럽게 서 있는 아빠에게 보란 듯이 큰소리쳤다. 이런 부모의 자식으로 태어난 게 진저리가 났다. 문을 세게 닫고 나오는데 집 안에서 나를 향해 험한 말을 쏟아 내는 아빠 목소리가 들렸다. 아빠를 말리는 영미 씨 소리도 들렸다. 문을 열지도 않고 내 옷자락을 잡아끌지도 않고 어정쩡하게 서서 소리 지르는 꼴이라니. 어릴 때 그럴듯하게 보이던 아빠는 어느새 허깨비로 둔갑한 것 같았다.

집 밖으로 나오자마자 콧물이 흐르고 눈물이 맺혔지만 추위 때문이었다. 바람이 쌩하고 뺨에 들러붙어 떨어지지 않았다.

다행히 겨울 방학이었다. 방학 동안 아르바이트를 부지런히 해서 돈을 좀 모으면 학비는 마련할 수 있을 거였다. 어디서든 일 년만 무사히 버틸 생각이었다. 고등학교를 졸업하면 무엇이든 해낼 작정이었다.

은지 집에는 매콤한 냄새가 가득했다.

"배고파."

은지에게 이렇게 말했지만 배고프지 않았다.

"그럴 줄 알고 떡볶이 만드는 중."

입맛은 없었지만 가방을 현관에 놓고 식탁에 앉았다. 은지는 내가 배고픈 게 만족스럽다는 듯 접시와 포크를 내 앞으로 내밀었다.

은지네 부모는 중국을 오가며 옷 장사를 했는데 꽤 잘되는 모양이었다. 처음에는 은지 아빠만 오가다가 나중에는 은지 엄마까지 거들더니 지금은 아예 중국에 머물며 일했다. 은지는 중국에서 학교에 다닐까 고민했지만 영어도 중국어도 잘 못하는 상황이라 무리였다. 결국 은지는 자취하다시피 큰 집에서 혼자 지냈다. 은지가 나와 함께 지내겠다고 했을 때 은지네 부모는 반가워했다. 나는 집에서 나오고 싶어 안달이 난 상태였기 때문에 내게도 좋은 일이었다.

"아빠가 뭐라고 하셔?"

"돈 안 준다고 협박."

"그래도 나간다니까 걱정은 되나 보다."

"그러면 나가지 말라고 해야지. 치사하게 돈으로 협박해? 찌질해. 질색이야."

"새엄마는?"

"아이, 새엄마 아니라니까. 얼마나 갈지도 몰라. 예전에도 그랬어. 암튼 둘 다 마음에 안 들어. 아빠가 더 마음에 안 들지만."

"그래도 아빠보다는 아줌마가 낫나 봐?"

"나은 게 아니라 아빠가 더 싫은 거야. 빨리 독립하고 싶어. 아빠한테 아쉬운 소리 하기 싫고 대학도 꼭 가고 싶은데……. 아빠에게 신세져야 한다는 게 너무 싫어."

"그래도 아빠잖아. 그게 무슨 신세야?"

"신세야. 거추장스러운 존재로 부담되는 느낌이 들어. 꼭 빚 같

아. 더구나 우리 아빠 좀 봐. 자기 인생도 어쩔 줄 모르고 만날 후 달리는 꼴. 진짜 내가 집 나오는 건 아빠 도와주는 거야. 둘 다 속으로는 좋아할걸? 둘이 홀가분하게 잘 먹고 잘 살라고 해.”

“설마, 진짜 홀가분할까?”

“네가 몰라서 그래. 그러고도 남을 분이네요.”

그렇게 말했지만 절반만 진심이었다. 때로는 아빠가 가엾게 보였다. 어쩌면 하는 일마다 그렇게 안 될까. 재수 없는 인간이 정해져 있다면 그중 한 명은 아빠인 게 분명했다. 허우대만 멀쩡했지 아빠가 태어나서 한 일은 온통 마이너스였다. 돈을 번 것도 아니고 가정을 제대로 꾸린 것도 아니다. 겨우 할머니가 남겨 놓은 낡은 집에서 큰소리치며 영미 씨 눈치를 보는 꼴이라니.

나는 절대로 아빠처럼은 살지 않을 거였다. 아빠처럼 살고 싶은 생각은 눈곱만큼도 없다. 내 능력을 인정받을 수 있는 직장에서 일하고, 사랑을 나눌 수 있는 멋진 연인을 만나 남들을 부러워하지 않으며 사는 것. 별거나 이혼, 병이나 실직, 예상하지 못한 불운 등을 겪지 않고 사는 것. 그게 내 계획이었다. 계획은 이미 태어난 순간부터 어긋난 것 같았지만, 사는 게 내 뜻대로 안 되고 있지만, 그렇다고 내 삶의 계획을 포기할 수 없었다.

은지와 열 달을 함께 지냈다. 지호와 연애 중이었지만 지호보다 은지와 보내는 시간이 더 많았다. 은지는 지호와는 다른 의미로 내게 소중했다. 시시콜콜한 얘기를 아무하고 나눌 수 있는 건 아니니까. 서로가 경계 없이 들어 줘야 하는 일이었고, 은지와는 그게 가능했다.

겨울 방학 동안 나는 평일 낮에는 아르바이트하거나 도서관에 갔고 은지는 학원에 갔다. 주말에는 함께 도서관에 갔다. 열람실은 공부하다가 햇볕을 쬐며 졸기에 좋았다. 그러다 배가 고프면 매점에서 산 빵이나 우유를 먹으며 마당에 있는 등나무 아래에서 수다를 떨었다.

열람실에서 공부하는 게 지루해지면 멀티미디어실에서 인터넷 강의를 들었다. 그러다 더 지루해지면 영화를 보곤 했다. 그 대가로 공부 시간을 뺏겼지만 그냥 논다고도 할 수 없었다. 영어 대사는 자막 없이도 대충 알아들을 수 있었는데, 영화를 자주 보는 게 도움이 됐을 거다. 은지는 항상 그걸 놀라워했다.

"넌 어쩜 영어만 잘하니? 보통 골고루 잘하는데 말이야. 그런 거 보면 네가 언어 머리가 있긴 있나 봐? 그치?"

"언어 머리가 있는 게 아니라 한이 있어서 그래."

"한?"

"외국 못 가 본 한. 말할 줄 모르면 나갈 기회 있어도 못 나가잖아."

"꼭 그렇진 않아. 우리 엄마도 중국어 잘 못해. 그래도 중국에서 살잖아."

"그래도."

"어쨌든 그 한 덕분에 영어는 잘하니까 한 있는 건 좋은 건가?"

"이럴 줄 알았으면 다른 한도 많이 가질걸."

너스레를 떨었지만 은지처럼 웃음이 나오지는 않았다. 엄마가 나에게 "영어 못하잖아."라고 말한 순간과 영어를 잘해서 엄마에게 본때를 보여 주리라는 다짐이 떠올라서였다.

"개학해도 알바 계속할 거야? 고 3인데?"

"주말 알바로 돌리려고. 정 안 되면 공부와 알바 둘 다 해야지, 뭐."

"힘들어서 어떡해? 알바 안 하면 정말 학비 해결이 안 돼?"

"지난주에 집에 갔을 때 아빠를 못 만나서 얘기를 못 했어. 영미 씨만 있는데 차마 말이 안 나와서. 아빠한테 문자는 보냈는데 답이 없네."

"그때 그거 그 아줌마가 싸 준 거 맞지? 멸치 볶은 거랑 깻잎 재운 거. 너한테 잘하려고 하나 보다."

"몰라. 됐다고 하는데도 가져가라고 현관 앞에 놓잖아. 그러다 말겠지. 영미 씨가 어떻게 굴든 난 신경 안 써. 아빠 인생이지."

그렇지, 아빠 인생이지. 그리고 내 인생이지. 왠지 쓸쓸했다. 서로 상관없이 각자 살아가는 느낌. 그게 최선일 것이다.

개학 후 학교에 갔을 때 담임이 등록금을 미처 못 낸 아이들을 따로 불렀는데 내 이름은 부르지 않았다. 아르바이트한 돈이 굳었

다고, 알바를 끊고 공부에 전념할 수 있겠다고 좋아했지만, 휴대
전화를 들고 단축 번호 1번을 누르려다가 그냥 내려놓았다. 아빠
에게 고맙다는 말이 나오지 않았다.

그리고 쉼터에 오게 된 지금, 이 사실을 아빠가 알면 안 된다. 절
대로, 절대로 안 된다. 영미 씨에게 조롱거리가 되는 것도 싫었다.
아빠 없이도 멀쩡하게 잘 살아야 하고 보란 듯이 독립해야 한다.

이 순간, 아이러니하게도 아빠가 내게 관심 없는 게 다행으로 여
겨졌다.

쓸모없는 학생 인권 조례

학교에서 담임과 상담을 한 건 여름 방학 전이다.

임신 21주. 아기를 낳기로 결심하고도 하루에 수십 번씩 생각이 왔다 갔다 하던 시기다. 감정 변화도 심했다. 경솔했던 행동에 대한 자책과 나만 피해를 보는 것 같다는 분노와 어쩔 수 없이 벌어진 일이라는 절망적인 느낌 사이를 오락가락했다. 혼자 힘으로는 도저히 빠져나올 수 없는 깊은 구렁텅이에 떨어져 허우적거리는 꼴이었다. 하지만 그러고만 있을 수 없었다. 기어서라도 빠져나와야 했다.

무엇부터 해야 할까?

지금 내가 해야 할 일들

1. 멀쩡한 척하며 학교 수업 듣기

2. 임신 사실을 최대한 비밀로 유지

3. 무슨 수가 있더라도 졸업

4. 가능하다면 수능 준비

5. 배를 가려 주는 옷 입기

6. 지호와 좋은 관계 유지

7. 출산에 대한 정보 찾기

8. 아빠에게 아무 일 없는 듯이 전화하기

9. 남의 시선을 의식하지 않을 뻔뻔함 기르기

10. 은지에게 좀 더 신세 지기

11. 아기를 낳을 수 있는 환경 만들기

우선순위를 정하기가 곤란할 정도로 모두 당장 내가 해야 할 일들이었다. 아무래도 3번과 11번이 가장 중요했다. 졸업해야 하는 이유는 많았다. 그건 아르바이트를 하며 얻게 된 신념이기도 했다. 아무리 허드렛일 아르바이트라도 보통 고졸 이상을 조건으로 삼았다. 나는 3번과 11번에 별표를 해 두었다. 11번 옆에는 괄호를 하고 '안전한 곳'이라고 적었다. 가끔 뉴스에 나오는 여고생들처럼 화장실에서 아기를 낳거나 여관에서 혼자 낳는 일은 상상만으로도 소름이 돋았다. 그렇게 낳은 아기를 쓰레기처럼 휴지통에 버리거나 어느 하수구에 버렸다는 뉴스를 보면 몸서리났다. 걔들도 어쩔 수 없는 사연이 있을 테지만, 나는 절대로 그럴 생각이 없었다.

내가 교무실로 찾아가자 담임은 피곤한 기색이었다. 담임은 성적 좋은 애들의 입시 지도에 신경이 곤두서 있었다. 나는 예외 학생이었기 때문에 담임은 네가 웬일이니? 라고 묻는 듯한 표정을 지었다. 담임은 컴퓨터 앞에서 조금 물러나 의자를 뒤로 젖히고 앉았다.

"상담실에서 얘기하고 싶어요."

담임은 마우스를 움직이던 손을 멈칫하더니 별일이라는 표정으로 일어섰다. 상담실에 들어가서 내가 앉기도 전에 담임은 "뭐 문제 있니?" 하며 볼펜 끝으로 책상을 툭툭 두드렸다.

"제 얘기 비밀로 했으면 좋겠는데……."

나는 자리에 앉으며 말했다.

"그래, 범죄만 아니라면 비밀로 해 줄게."

담임은 대수롭지 않은 일이겠거니 하는 말투였다.

"무슨 일이야? 말해 봐."

"그게, 저……."

나는 머뭇거렸다. 배가 당겼다. 예전보다 교복이 꽉 끼어 종종 체육복을 입고 학교에 왔는데 오늘따라 교복을 입었다. 나도 모르게 손이 배로 갔다. 담임 눈길이 내 손으로 향하는 걸 눈치채고 얼른 두 손을 허벅지 위에 모았다. 담임은 눈동자가 조금 커진 채 내 대답을 기다리고 있었다.

"졸업 일수만 채우고 학교 빠지려면 어떻게 해야 해요? 병결을 쓸 수 있을까 해서요."

"병결? 어디 아프니?"

"그게……."

"그게?"

"……실은 임신했어요."

또 손이 배로 갔다.

"뭐? 임신?"

담임은 예상하지 못한 일이라는 듯 말을 잇지 못했다. 상담실에 둘뿐이었는데도 누가 들으면 안 된다는 듯 문 쪽을 흘깃 보더니 목소리를 낮춰 재차 물었다.

"임신이라고? 어쩌다? 얼마 됐어?"

"21주 정도요. 배도 점점 나올 텐데, 아무래도 학교에 계속 나오는 게 힘들 것 같아서요."

"난리 났네. 낳으려고?"

"아마도요."

"기르려는 거야?"

"그건 아직 잘 모르겠어요."

차마 입양을 생각하고 있다는 말이 안 나왔다.

담임은 어이없다는 듯 바보처럼 입을 조금 벌린 채 나를 빤히 바라봤다. 이런 일은 처음이라는 표정이었다. 담임에게 도움을 받을 수 있을지 의심이 들었다.

"배가 점점 나올 텐데……. 계산대로라면 11월 말쯤 출산이에요. 미혼모 지원 쉼터 같은 데 들어가는 게 나을 것 같아서요. 그래도 졸업은 하고 싶어요."

"그…… 그래야지. 집에 아빠만 계시지? 어디 들어가는 게 낫겠구나. 그런데…… 아이 아빠가 누군지 궁금한데……. 범죄는 아니겠지?"

담임이 더듬더듬 말했다.

"아닐걸요."

"그럴 수도 있어?"

"글쎄요. 미성년자끼리 하면 범죄예요?"

당혹스러워하는 담임을 보자 괜히 찾아왔나 하는 생각이 들었다.

"글쎄…… 억지로 당한 게 아니라면, 서로의 의지로 한 거라면 범죄는 아니겠지."

"그런 건 아니에요."

"아닌가, 성적 자기 결정권이 있다고는 해도 좀……."

담임은 떨떠름한 표정으로 고개를 갸웃했다.

"아이 아빠하고 의논했니?"

"의논이라기보다…… 걔도 시간이 필요할 거예요."

"좋아하는 사람이구나."

"그야 당연한 거 아니겠어요."

나는 어깨를 으쓱했다. 하지만 기운은 쭉 빠졌다. 나나 지호가 서로 좋아한 건 사실이지만 아기를 갖자고 생각해 본 적은 없었다. 최소한 나는 그랬다. 아기는 결혼해서 갖는 게 당연했다. 그럼 우리 둘이 지금 결혼해야 하는데…… 우리가 지금 결혼한다고? 그건 쉽게 대답할 문제가 아니다. 결혼은 임신만큼이나 비현실적인 이야기였다.

그래도 정신을 차려 현실적인 대안을 마련하고 싶었다. 그래서 지호에게 학교 상담실에 같이 가 보자고 말했지만 지호는 그러자는 대답 대신 전학 소식을 알렸다. 엄마가 사는 지방에서 수시와 수능 준비를 할 것이라고 했다. 그저께 일이었다.

"하긴 애는 내가 낳는 거지 네가 낳는 건 아니니까."

나는 지호 말이 끝나자마자 빠르게 대꾸했다.

"수연아, 시험 끝나면 자주 볼 거야. 너 아기 낳기 전에 올라올 거야. 몇 달 내려가 있는 거야. 내가 원해서가 아니야. 엄마가 전학 처리를 다 해 놨어."

지호는 팔짱을 끼고 있는 내 팔에 한 손을 올리려고 했다. 나는 지호 손이 닿지 않도록 몸을 비틀었다. 가까운 사람들이 내게 호의를 보이는 듯하다가 불현듯 등을 돌린 순간들이 떠올랐다. 엄마와 아빠. 내가 필요로 하는 순간에 그들은 나를 떠났다. 지호에게도 내가 짐인 건가? 지호를 통해 세상이 다르게 보이는 것 같았는데. 지금은 그 세상의 중심축이 서서히 바뀌고 있음을 감지할 수 있었다. 아빠에게서 엄마로, 엄마에게서 할머니로, 그다음엔 지호로. 지금은 아기에게로.

화를 내야 할지 매달려야 할지, 지금이라도 아기를 지우기 위해 가능한 병원을 알아보겠다고 해야 할지 혼란스러웠다. 나를 돌려보내려는 엄마의 말을 듣던 아홉 살 때로 돌아간 것 같았다.

지호가 내 어깨에 손을 얹고 나를 끌어당겨 안으려 했을 때 나는 지호를 밀쳤다. 지호가 내게 미안해하면서도 이런 순간조차도 나를 안고 싶어 한다는 걸 느낄 수 있었다. 하지만 예전처럼 서로를 만지게 되지 않았다. 내 몸은 모든 것으로부터 자신을 보호하려는 듯 지호의 손길조차 처음 닿는 낯선 손길처럼 움찔했다. 지호가 섭섭해하는 걸 알고 있었지만 몸의 반응은 의지대로 되는 게 아니었다.

"지금까지 달려왔는데 이제 와서 멈출 수 없잖아. 난 잘할 수 있는 게 공부밖에 없어. 공부라도 안 하면 안 될 것 같아. 다른 걸 생각해 본 적이 없어. 실패한 인생 살긴 싫어."

지호는 우물쭈물 말했다.

"그럼 난 실패한 인생이야? 네 기준에 아닌 애야?"

냉정하게 말하려고 애쓰지 않아도 저절로 쌀쌀맞은 목소리가 나왔다.

"그게 아니라…… 내 말은…….."

지호는 말을 잇는 대신 고개를 돌렸다. 그리고 며칠 뒤 제 엄마가 있는 지방 학교로 전학을 갔다.

> 엄마는…… 입양을 보내라고 해. 진짜 아기를 잘 키울 수 있는 사람에게 보내는 게 모두에게 좋다고. 우리 집에서 키울 수 있는 형편이 안 되고. 너도 그럴 거고. 미안해.

나도 계속 생각하던 일이었지만 지호의 카톡에 마음이 불편했다. 바뀐 카톡 프로필 사진도 내 마음을 흔들었다. 친구들과 어울려 찍은 사진 대신 희뿌연 바탕 화면에 '……'만 덩그러니 있었다.

"부모님은 아시니?"

"우리 집은…… 모르고요, 남자 집은…… 알아요."

나는 잘 모르는 글자를 읽는 것처럼 더듬거리며 말했다.

"양측 부모님하고 함께 만나서 의논해야 할 것 같은데?"

"그, 그건 곤란해요. 아빠에게 알리기 싫어요."

"남자 집 부모는 안다고 했지? 뭐라서?"

담임은 볼펜을 엄지와 중지를 이용해 돌리며 말했다.

"수술하라고 했는데…… 못 했어요. 시기적으로도 늦었고 또…….."

말을 하다 잠시 머뭇거렸다. 그간의 갈등과 휴대 전화 너머 들려

오던 지호 엄마의 다급한 목소리도 떠올랐다.

"애, 그러지 말고 만나서 얘기하자. 의사들이야 다 그렇게 말할 수 있어. 하지만 지금도 늦은 건 아냐. 하려고만 들면 구 개월이라도 수술할 수 있는 거지. 내가 아는 의사가 있으니까 거기서 하자. 거긴 해 줄 거야."

지호 엄마는 실망하다 못해 화난 것 같았다. 지난주 일이었다.

"흠…… 이건 너 혼자만의 문제가 아니라서. 두 사람의 책임이고 문제인데……."

담임은 선생으로서 할 만한 말을 해 주어야겠다고 작정한 듯 말했다.

"너희가 준비되지 않았지만 이렇게 된 거 함께 책임져야 하는 거고. 흠…… 이런 일이 또 생기지 말란 법도 없는 거고……."

뻔한 말이 더듬더듬 이어졌다.

"그런데 뭐 해 달라고 했지? 아, 병결. 그래, 그것 좀 살펴보자. 수업 일수가……. 잠깐만, 기다려 봐."

담임은 교무실에 가더니 잠시 후 돌아왔다.

"2학기에 병결을 써도 될 것 같긴 한데……."

나는 그제야 조금 안심이 되었다.

"애들이 알아볼까 봐 조마조마해요."

배가 나오는 걸 감출 수 있을까? 자신이 없었지만 어떻게든 해야 했다.

"그렇겠구나. 지금은 티가 많이 나지는 않는데?"

담임은 미간을 찡그리며 내 배를 이리저리 훑어봤다.

"아…… 네."

나는 최대한 밥도 먹지 않고 옷도 헐렁하게 입으며 배가 나와 보이지 않도록 애쓴 시간이 떠올랐다. 지금 이 순간에도 배를 가리려고 옷매무새를 자꾸 만지작거리고 있었다.

"최대한 졸업을 할 수 있는 방향으로 알아볼게. 이번 주 안으로 해결해 보자. 그런데 그럼 수시는…… 못 넣는 거지? 수능도 힘들겠지?"

나는 그렇다고 대답하기 싫어 잠자코 있었다. 이제껏 대학에 가는 건 당연한 일이었는데 지금부터는 모든 게 달라져야 했다. 진학보다도 졸업이 먼저였다. 졸업 전에 아기를 낳아야 했다.

여름 방학 동안 친구들은 학교를 들락거리며 수시를 준비하느라 정신없었다. 나는 친구들과 다르게 미혼모 쉼터에 들어갈 시기를 가늠하면서 어느 곳으로 갈지를 결정해야 했다. 그나마 배가 부른 게 티 나려는 찰나에 방학이 시작되어서 다행이었다.

"은지야, 이 상태로 학교 다니면 애들이 알아보겠지?"

거울에 몸을 비춰 보며 물었다. 전보다 아랫배가 조금 나와 보였다.

"그것도 그렇고 너도 힘들겠지. 그런데 임신하고 학교 다녀도 돼?"

은지가 식탁 의자에 앉아 나를 지켜보며 조심스럽게 말했다.

"임신했다는 이유로 학교 다니는 데 차별받으면 안 된다고 학생 인권 조례에 나와 있어. 병결 쓸 거니까 조금만 버티면 될 것 같아."

"난 알고 봐서 그런지 티 나는 것 같은데…… 모르고 보면 몰라볼 수도 있어."

"그래야 하는데. 나 원래 주변 신경 안 쓰는 편인데도 이번에는 그게 잘 안 되네. 겁나고 쫄려."

임신은 주변의 수군거림과 비난을 뚫고 나와야 하는 일이었다. 하지만 무엇보다도 나 스스로 임신한 사실에 떳떳해지지 않는 게 마음에 안 들어 그것부터 어떻게든 디디고 서야 했다.

"그렇겠지. 하지만 난 네가 어떤 결정을 하든 열심히 응원해 주려고 마음먹었어."

은지가 두 손을 들어 주먹을 쥐어 보였다.

"말만이라도 고마워."

"말만 아니야."

은지는 걱정스럽게 나를 바라봤다.

"하나를 결정하니 또 하나가 문제고……."

나는 몸을 이리저리 돌려 거울에 비춰 보며 말했다. 배에만 신경을 쓰며 봐서인지 아침보다도 배가 더 나온 것 같았다.

"입양을 어떻게 보내야 하는지……."

저절로 한숨이 나왔다.

하지만 진짜 문제는 예상하지 못한 데서 일어났다. 그다음 날 담임의 호출을 받고 학교에 갔을 때 담임은 내게 말했다.

"샘이 최대한 병결로 처리하고 졸업하게 하려고 했는데, 교장 선생님이 학교 기강을 흐린다고 반대가 심해서…… 설득이 안 되네."

"그럼…… 어떡해야 돼요?"

"자퇴하고 검정고시 보는 방법도 있긴 한데 그보다는 전학을 가면 어떨까 싶어."

"자퇴도 안 하고 전학도 안 가면요?"

말이 사납게 나왔다. 내가 잘했다는 건 아니지만, 임신했다고 몹쓸 사람이 된 것도 아닌데 전학을 가라니. 학교에서 나를 버려야 할 쓰레기 취급하는 것 같아 반발심이 일었다.

담임은 잠자코 있었다. 내가 자퇴나 전학을 안 하면 곤란하다는 표정이었다. 그러고 보니 임신 때문에 자퇴했다는 학생 얘기가 떠올랐다. 어물쩍하다가 퇴학당하는 건 아닐까 하는 걱정도 들었다.

"다른 학교에서는 받아 준대요?"

내 말에 담임은 천천히 말했다.

"대안 학교에 친구가 있어서 알아봤는데…… 그 학교로는 가능할 것 같아. 출산 전후로 최대한 병결로 날짜 뺄 수 있고, 주변에서 수군댈 수는 있어도 네가 임신했다는 이유로 학교에서 불이익을 주지는 않을 거야. 거긴 졸업도 인정되는 학교니까 너만 괜찮다면 그쪽으로 전학을 가고……. 곧 개학이잖아. 조금 힘들더라도 한 달 정도만 출석하고 두세 달 정도는 병결하면 어떨까 싶어. 어떻게 생각하니?"

애초에 내가 본 영화 「클래스」에 나오는 마랭이나 「위험한 아이들」에 나오는 루앤 존슨, 「죽은 시인의 사회」에 나오는 키팅, 혹은 「굿 윌 헌팅」에 나오는 숀 맥과이어 같은 선생은 바라지 않았다. 격려는 못 해도 그저 내 삶을 방해하지는 않기를 바랐다.

하지만 지금은 괜한 고집을 부리기보다 문제를 해결해야 했다. 내 몸은 점점 더 임신한 티가 날 거였다.

한두 달이라도 주변 눈치 안 보며 졸업 조건을 채울 수 있다면 그게 나을까. 학생 인권 조례 내용이 어떻든, 내가 학교를 계속 다닐 의지가 있든 없든 상관이 없었다. 주변의 시선과 평가가 중요했다. 나는 고등학생이었고 임신 중이었다. 편견 어린 시선을 극복하는 것은 쉬운 일이 아니었다. 교장의 권위에 대결하는 것도 마찬가지다. 어떠한 이유로든 차별받지 말아야 한다고 배웠지만 거기에 내 상황은 포함되지 않았다.

결국 나는 개학을 하자마자 전학 처리가 됐다. 아빠에게는 다른 이유를 대서 전학 동의서를 받았다. 내가 작은 말썽을 피운 것으로. 아빠에게 전화했을 때 아빠는 분하다는 듯 소리를 질러 댔다. 그 바람에 나는 수화기를 멀찌감치 귀에서 떼어 놓아야 했다.

"제멋대로 집 나가더니 고작 전학이냐? 아주 너 하고 싶은 대로 살아."

"걱정하지 마. 그럴 거니까."

나도 뼛성 섞인 말로 받끈했다. 지금 가장 의지하고 싶은 사람이 지호와 아빠였지만 그럴 수 없었다.

"너 아주 네가 계속 잘했다고 그러는 거지? 그런 식이면 아예 연락도 하지 마. 내버려 뒀더니 너무 멋대로잖아."

인상을 쓰며 화내고 있을 아빠 모습이 그려졌다.

"신경 쓰지 마. 알아서 지낼 거니까. 알바도 해야 하고 공부도 해야 하고 바빠. 전학 가는 학교가 내신 받기에 더 좋은 학교니까 걱정하지 마."

대충 둘러댔다. 거짓말하는 기미를 보이지 않으려고 별일 아니라는 듯 애써 화를 냈다. 그러면서 공부하고 싶어 안달이 난 학생처럼 보이려고 곧 시험이 있다는 핑계를 댔다. 내 말에 아빠는 나를 포기한 듯, 봐주는 것도 졸업 때까지만이라는 단서를 덧붙였다. 나는 졸업이라도 하려고 전학한 거야,라고 대꾸하고 싶었지만 말할 수 없었다.

"나중에 연락할게. 전학 가는 학교는 은지네서도 가까워."

말이 더 길어지기 전에 서둘러 전화를 끊었다.

대안 학교에 다닌 지 6주가 지났을 때 병결을 냈다.

몇 군데 알아본 미혼모 쉼터 중 한 곳을 정했다. '사랑아이집'은

은지 집에서 지하철과 버스를 타고 한 시간 정도 거리에 있었다. 우리 동네에서 너무 멀지도 가깝지도 않은 거리. 나를 알아볼 사람이 없을 정도의 거리. 한 달 후면 아기를 낳고 최소한으로 몸조리를 하다가 아무 일도 없었다는 듯 원래의 내 삶으로 돌아가기에 적당한 거리. 그 거리가 언제든지 달라질 수 있다는 것을 그때는 몰랐다.

3부

새
로
운
문

내 마음의 3법칙

제1법칙: 관성의 법칙

마음이 원래의 상태를 계속 유지하려는 성질이다. 즉 외부에서 힘을 받지 않는 한 마음이 원래의 상태를 계속 유지하려고 하는 것을 말한다. 나는 계속 학생이고 싶다.

제2법칙: 작용 반작용의 법칙

모든 작용에 대해 크기는 같고 방향은 반대인 반작용이 존재한다는 법칙이다. 입양을 떠올릴수록 양육해야겠다는 생각이, 양육을 생각하면 입양이 낫겠다는 생각이 들어 서로 팽팽하게 맞서고 있다.

제3법칙: 가속도의 법칙

마음이 움직이면 그 운동 방향대로 가속도가 붙는다는 법칙이다. 가속도는 마음의 크기에 비례한다. 임신이 확인되고 출산을 결정한 뒤부터 병결과 입소, 출산 준비가 점점 빠르게 진행되고 있다.

'너를 위해서'라는 말

◇◇◇◇◇◇◇◇◇◇◇◇◇◇◇◇◇◇◇◇◇◇◇◇◇◇◇◇◇◇◇◇◇◇◇

　이곳에서 지내는 이들은 서로에 대해 알려고 하지 않았다. 상대가 안 궁금한 게 아니라 자기를 드러내고 싶지 않아서였다. 미혼모 시설에서 누군가와 친해진다는 건 거북할 수밖에 없었다. 대부분은 이곳에 들어온 게 감추고 싶은 비밀이었다. 나도 그랬다.

　어떤 경우도 가늠되지 않았다. 아이를 낳아야 한다는 사실도 두려운데 그 일로 내 삶이 어떻게 변할지 모른다는 것이 더 두려웠다. 지금 누군가 내게 꿈이 무엇이냐고 묻는다면 '임신 전으로 되돌아가는 것'이라고 대답할 처지였다. 하지만 그 꿈은 실현 가능성이 전혀 없었다. 그 사실을 받아들이고 나서야 처음 임신을 확인했을 때의 비참함을 딛고 도저히 뗄 수 없을 것 같았던 걸음을 한

발짝씩 디뎌 나아갈 수 있었다.

이곳에 들어온 뒤 일주일 동안 나는 성격 검사와 심리 검사를 받았다. 그리고 오늘 검사 결과가 나왔다. 결과지는 복잡하고 길었다. 부모에 대해 부정적인 감정이 높으며, 특히 어머니에 대한 거부감이 높고, 자신에 대해 존중감이 낮으며, 생활에 안정감을 느끼지 못하여 불안이 높은 상태로 내재한 분노가…… 이런 말들과 함께 지난 시간이 줄줄이 끌려 나왔다. 그 끝에는 엄마와 아빠가 매달려 있었다.

내 속에 숨어 있던, 숨기고 싶은, 모르고 싶은 모습이었다. 내게서 부모를 떨쳐 내고 싶어도 떨쳐 낼 수 없었다. 부모와 나는 서로의 인생을 꼬이게 한 존재였지만 서로가 서로에게 완벽하게 갇혀 있는 사이였다.

"어지럽니? 빈혈인가?"

상담사가 잠깐 검사 결과 설명을 멈추었다.

"아뇨, 괜찮아요."

잠시 내 표정을 살피던 상담사는 내가 앞에 놓인 주스를 한 모금 마시자 다시 긴 설명을 이었다.

내 삶 곳곳에는 엄마와 아빠의 흔적이 있다고 했다. 아니, 엄마와 아빠의 그림자가 내 삶을 에워싸고 있다고. 굴절된 모습으로 내게 깃들어 있다는 얘기였다. 그렇다면 입양을 선택하는 일에도 내게 깃들어 있는 엄마나 아빠 책임이 있는 거네? 책임을 나눠 갖는다는 점에서 나는 상담사 말이 마음에 들었다.

아기에 대한 생각은 하루에도 몇 번씩 바뀌었고 그 생각 끝에는 엄마가 있었다. 엄마도 나를 가졌을 때 나처럼 두려웠을까? 나를 지울 생각을 했을까? 낳아야 하나 말아야 하나 고민했을까? 입양을 생각해 본 적이 있을까? 어떤 기분이었을까? 엄마는 결혼도 한 상황이었으니까 좋아했겠지? 하지만 날 두고 가 버린 걸 보면 아닐지도 몰라. 엄마도 못 한 걸 내가 감당할 수 있겠어? 하지만 나 같은 엄마라도 있는 게 낫지 않을까? 아니지, 아기 인생도 중요할 텐데 내가 책임질 수 있겠어? 내 인생은 또 어쩌고?

임신을 확인한 순간부터 지금까지 결정은 계속 바뀌고 있었다. 아기를 지우려다가 낳아 입양 보내는 것으로. 요즘은 종종 직접 기르면 어떻게 될까 하는 생각에 빠지기도 했다. 하지만 확실히 결정한 것이라고는 아기를 낳는다는 것뿐이다. 떠밀려서 결정하고 싶지 않았지만 그런 모양이 된 게 사실이었다. 나는 입양과 양육 사이에서 오락가락했지만 입양을 보내려는 마음이 좀 더 컸다. 지호와 함께 양육할 수 있을지 불확실했고 미혼모가 되는 건 내 삶의 계획을 완전히 바꿔야 하는 일이었다. 하지만 아기를 입양 보내고 나면 나는 잠깐 멈춘 삶을 계속 살아가게 될 것이다. 가능하다면 내가 한 일을 깨끗이 잊어버리고 새로 시작하고 싶었다. 그게 아기에게도 나을 거였다.

그러다가도 나를 위해 서로에게 보내는 게 더 낫겠다고 말한 엄

마와 아빠가 떠올랐다. 나도 우리 부모와 다를 바 없이 아기에게
내 이기심을 감추고 시치미 떼고 있다는 생각을 떨칠 수 없었다.
그런 생각이 들 때마다 나 자신이 미워졌는데 내가 미워하는 부모
와 비슷해진 것 같아서였다.

더구나 나를 모른 척한 엄마를 떠올리면 차마 아기를 남에게 보
낼 수는 없을 것 같았다. 아기를 입양 보내면 내가 형편없는 사람
으로 여기고 있는 엄마보다도 더 형편없는 사람이 되는 것 같았다.
엄마는 최소한 아빠한테 날 남겨 뒀으니까. 하지만 아빠와 함께 살
면서 나는 행복하지 않았다. 차라리 행복한 가정에 입양이 됐다면
지금 같은 일도 일어나지 않았을 테지. 제대로 책임 못 질 거면 그
게 낫지. 이렇게 내 생각은 다시 원점으로 돌아왔다. 하루에도 몇
번씩.

종종 엄마가 왜 나를 낳고 일 년도 안 되어 집을 나갔나를 생각
했다. 엄마가 엄마로서의 준비가 안 돼서였을까? 아빠도 마찬가지
다. 아빠는 누굴 책임지는 것과는 멀어 보였다. 노는 걸 좋아했다.
젊어서는 더 했을 게 뻔하다. 두 사람의 진실은 다를지 몰라도 내
생각은 그랬다. 나는 그런 부모는 되지 않겠다고 다짐하고 또 다짐
한 터였다.

대뜸 아기를 낳은 뒤 보란 듯이 기를까 하는 생각에 사로잡히기
도 했다. 그건 엄마와 아빠에게 나는 당신들과 다르다는 것을 보여
주고 엄마와 아빠 마음을 아프게 할 기회였다. 분명히 환영할 만한

상황은 아닐 테니까. 그런 생각을 하다 보면 본때를 보여 주려고, 부모 마음을 아프게 하려고 아기 낳을 생각을 하는 내가 비정상같이 느껴졌다.

물론 내 예상과 다르게 엄마, 아빠 마음이 아프지 않을 수도 있었다. 아예 모른 척할 수도 있었다. 네 문제니까 네가 알아서 해야지,라고 말하는 목소리가 들리는 듯도 했다. 도움을 요청할 수 없게 만드는 목소리.

나는 이런 괴로운 생각들을 떨쳐 버리고 싶었다. 하지만 그럴수록 머리가 조여 오고 손에는 땀이 났다. 배도 더 딴딴해졌다. 지금이 순간에도 나 자신이 형편없게 느껴져 주스 맛까지 떨어졌다.

"앉아 있는 거 힘들면 말해."

상담사는 내가 불편해 보였는지 하던 말을 끊고 말했다.

"네. 근데 이게 잘하는 건지 모르겠어요."

"뭐가?"

"입양 보내더라도 낳겠다는 거요."

"나도 비슷한 고민 하긴 했어. 오래전 일이지만."

"선생님도요?"

"응, 이십 대 때. 난 지웠지. 지금보다 수술하는 게 엄격하지도 않았고 웬만하면 다 수술해 줬으니까. 또 임신 초기이기도 했고. 아마 그때 낳았으면 너만큼은 컸겠다."

상담사는 담담하게 말했다.

"결국 선택은 네가 해야 해."

"선생님은 그때 수술한 거 후회 안 해요?"

"나야 뭐…… 그때 생각하면 어쩔 수 없는 선택이긴 했는데……. 낳았으면 입양 보냈을까, 혼자라도 길렀을까 생각은 가끔 했지만 금방 일상으로 돌아왔지. 괜찮아지더라고. 그때는 공부도 계속해야 했고 무엇보다 다른 목표가 있었어. 그 시점에서 아기를 낳으면 여러 가지로 어려울 게 당연했고, 내 앞날을 가로막는 일이라고 생각했으니까. 그때는 내가 이 세상에서 가장 불행한 사람처럼 느껴졌어. 누구한테도 얘기할 수 없어 병원도 혼자 갔으니까."

상담사는 "근데 이거 비밀이다."라고 덧붙이며 웃어 보였다.

"큰 사고이긴 하지. 누구나 겪을 수 있는. 그런데 어떤 선택을 하더라도 후회나 미련은 남게 마련일 거야."

상담사의 말에 자책과 불안이 조금은 누그러졌다. 깊은 숨이 나왔다.

"음…… 실패를 두려워하지 않는다면 어떤 선택이든 의미는 있지 않을까?"

"실패가 두려워요. 실패한 인생을 살고 싶지 않아요."

지호가 떠올랐다. 이 말은 지호의 말이었다. 하지만 나에게도 해당되는 말이었다.

"어떤 인생이 실패한 인생이라고 생각하니?"

그 질문에는 대답할 수 없었다. 아빠가 떠올랐고, 아빠에게 매달린 내가 떠올랐다.

"내 생각에는 선택에 따른 결과를 책임진다면 어떤 삶이든 실패했다고 말하기는 곤란할 것 같은데."

나는 들릴 듯 말 듯 한 목소리로 네, 하고 대답했다. "실패를 두려워하지 않고 결과를 책임진다."라는 말이 맴돌아 마음이 다시 무겁게 내려앉았다.

"수업받는 건 어떠니?"

"집단 상담 말고는 다 괜찮아요."

"집단 상담은 왜?"

"다 같이 있는 데서 하고 싶지 않은 얘기가 많고요. 어제는 집단 상담받고 나서 옆방에서 싸움 났어요. 상담 시간에 나온 얘기 가지고 서로 흉보다가 일이 커졌나 봐요."

"얘기 들었어. 정빈이가 방 바꿔 달라고 하더라고."

"우리 방이랑요?"

"응. 너네 방 친구들이 모두 바꾸기 싫다고 할 수도 있기 때문에…… 상황을 보자."

상담사는 이미 여러 번 겪어 봐서 대수롭지 않은 일이라는 표정이었다.

정빈이는 열여덟 살이었는데 학교 폭력으로 학교를 그만둔 임신부였다. 종종 다른 임산부들과 시비가 붙었는데, 그럴 때마다 정빈이의 거친 말이나 욕설이 터지기 일쑤였다. 상스러운 말을 입에 담으면 태교에 안 좋다고, 하지 말라고 말려도 소용없었다. 정빈이의 모습은 내가 이모 집에서 집으로 되돌아온 뒤 먹고 또 먹고, 계속 먹기만 한 것과 비슷했다. 그 모습을 보고 아빠는 "애를 굶겼나?" 했지만 나는 멈출 수 없었다. 내 안의 허기는 아무리 먹어도 채워지지 않았다. 할머니네로 옮기고 나서는 한동안 먹는 걸 꺼렸다. 할머니는 "굶어 죽으려고 작정을 했구나."라며 혀를 찼지만 그런 식으로라도 불만을 내비쳐야 했다. 죽고 싶어서가 아니라 제대로 살고 싶어 한 선택이었다.

일기도 담임은 일주일에 두 번만 쓰라고 했지만 나는 일곱 번을 썼다. "친구랑 싸워서 속상하겠구나, 아빠와 맛있는 것 많이 먹어요." 같은 담임의 메모 때문이었다. 4학년이 되면서는 일기 검사를 안 했기 때문에 진짜 속마음을 일기장에 털어놓을 수 있었다. 그 일기장 속에는 갈색 머리카락이 흘러내려 반쯤은 가려진 엄마의 옆얼굴, 트럭에서 들리던 아빠의 목소리, 아빠가 내게 말할 때마다 쿡쿡 찌르던 담배 냄새가 시간을 거슬러 반복되고 있었다.

비슷한 일은 이후에도 있었다. 중학생이 되면서부터는 이어폰을 귀에 꽂고 살았다. 밥을 먹을 때나 잠잘 때도 예외는 아니었다. 이어폰에서 흘러나오는 음악은 세상과 나 사이를 아슬아슬하게 갈라놓았는데, 온종일 음악을 듣다 보면 현실의 성가신 갈등은 어느새 하잘것없어졌다. 은지와 살게 되면서 이어폰을 꽂고 있는 시간은 줄어들었지만 임신 사실을 알고 나서 학교에 갈 때마다 제일 먼저 챙긴 게 이어폰이었다. 한동안은 영화 보기에도 빠져 지냈다. 영화는 현실에서 숨고 싶을 때 언제든지 도망치기 좋았다. 더구나 영어 공부하기에도 나쁘지 않았다.

정빈이가 거친 말을 내뱉으며 삶을 견디는 것처럼 나도 내 방식대로 삶을 견디고 있었다.

상담실을 나와 지하에 내려가니 여섯 명이 둘러앉아 바느질하고 있었다.

"선생님, 저는 턱받이만 만들면 안 될까요? 저만 늦는데."

정빈이가 앞에 놓인 배냇저고리 재료들을 보고 시큰둥하게 말했다.

"늦으면 어때? 아기를 다 같이 낳는 것도 아닌데. 빨리한다고 아기가 빨리 나오는 것도 아니잖니?"

선생은 이어서 말했다.

"배냇저고리는 아이가 태어난 뒤에 처음으로 입히는 옷이야. 그래서 보온과 위생에 중점을 둬야 해. 아기가 활동하기 편하고 부모가 입히고 벗기기 쉬워야 해."

임신부 몇이 고개를 끄덕이며 바느질에 집중했다. 나는 천과 실, 바늘을 펼쳐 놓았다. 재단된 천을 반으로 접으면 저고리 모양이 됐다.

"솔기가 최대한 없어야 해. 아기 피부는 약하니까 피부에 닿는 것은 뭐든 부드러워야겠지?"

선생은 재단된 천을 이리저리 뒤집어 보였다.

나는 바늘에 실을 꿰기 위해 실 끝을 엄지와 검지 끝으로 매만
져 가늘게 만들었다. 바늘구멍은 마치 내가 빠져나가야 할 구멍처
럼 좁고 작았다. 뚫어지게 봐야 겨우 보였다. 이 실을 바늘에 꿰는
것처럼 내 삶도 매끈하게 빠져나갈 수 있을까? 그러고 싶었다.

"한 번에 끼웠어? 소질 있는데?"

정빈이 말에 나는 대꾸하지 않았다. 툭툭 내뱉는 말투가 금방이
라도 내게 시비를 걸 듯해 듣기 거북했다. 또 이런 것이 재능이라
면 전혀 달갑지 않았다. 수능 공부를 하거나 친구들과 어울려 있어
야 하는데 내가 왜 이러고 있는지 한심했다. 원하지 않은 삶을 억
지로 선택하게 된 마당에 실패를 두려워하지 말라니! 그 책임은
누가 지는데? 결국 내가 져야 하는 거 아냐? 방금 전 상담사 말이
무겁게 맴돌았다.

나는 못마땅해 입을 꾹 다물고 더듬더듬 바느질을 시작했다. 그
런데 곧 바느질에 빠져들었다. 한 땀 한 땀 바느질을 하다 보면 다
른 생각을 할 틈이 없었다. 조금이라도 딴생각을 하면 바늘이 손끝
을 찌르거나 선의 간격이 넓어지거나 좁아졌다. 삐뚤어지기도 했
다. 내가 하기에 따라 천에는 정갈하거나 어수선하거나 찌그러진
것 같은 표정이 수놓였다. 그것은 내 마음이 깃든 표정이었다. 나
는 일정한 간격으로 반듯하게 바느질해 나가려고 애썼다. 흩어지

고 찢어지고 정리가 안 된 마음도 보기 좋게 재단하여 바느질하고 싶었다. 그럴 수 있다면. 조금도 비뚤지 않고 누구도 흠잡지 못할 정도로 똑바르게.

"지난번에 희영이 아기 봤어? 애 낳고 왔는데 배냇저고리 입혀 놓으니까 옷이 무릎까지 덮던데."

"아기가 그렇게 작아? 이 옷이 무릎을 덮는다고?"

나는 다른 이들이 떠드는 소리를 들으며 조금씩 옷 모양이 잡혀 가는 배냇저고리를 물끄러미 바라봤다. 이런 걸 만드는 것도, 그렇다고 안 만드는 것도 내키지 않았다. 핸들과 바퀴 방향이 반대라서 어느 쪽으로도 달리지 못하는 자전거 그림이 떠올랐다.

하지만 내가 아기에게 무엇인가 해 줄 수 있는 시간은 지금뿐이겠지. 마무리가 덜 된 배냇저고리를 보며 생각했다. 내게 하루하루는 한 달같이 긴 시간이지만, 아기에게 무엇인가를 해 주기에 남은 한 달은 촉박했다.

나는 수업이 끝나고 방으로 올라가자마자 바느질 꾸러미를 다시 펴 보았다. 이 작은 옷을 아기에게 입힌다고? 아기가 이 옷을 입고 웃는 모습이 생생하게 떠올랐다. 아기는 팔과 다리를 활달하게 움직이고 있다. 배는 통통하고 뽀얗다. 몸은 작고 부드럽고 불안하다.

아기도 제 생각을 하는 걸 알았는지 발차기를 해 댔다. 밖에 있을 때는 임신을 숨기는 데 온 신경을 쓰느라 잘 몰랐는데 이곳에서는 배 속 반응이 민감하게 느껴졌다. 아기가 부지런히 커 가는 듯 배도 훌쩍 많이 나오고 있었다.

"지은 언니는 안 들어왔어?"

해영이가 완성된 배냇저고리를 들고 이리저리 살펴보며 물었다.

"사무실에 들어가던데."

"무슨 일 있나?"

"어제 옆방에서 싸움 났잖아. 집단 상담 시간에 한 얘기 때문에 정빈이가 방 바꿔 달랐대. 지은 언니랑 바꾸려나?"

나는 어제 집단 상담 시간을 떠올리며 들은 얘기를 말했다.

"뭐 때문에 그랬대?"

"키 작고 사투리 쓰는 애 알지? 걔 남친이 소년원 간 걸 가지고 정빈이가 욕했나 봐. 그러니까 개도 가만히 안 있고 대들었고. 정빈이가 새아빠 때문에 가출한 걸 트집 잡아 임신한 거 새아빠 애 아니냐고 그랬대."

누구 편도 들 수 없었다.

"진짜 같은 방 쓰기 싫긴 하겠다. 그래도 난 정빈 언니 불편해. 차라리 말 없는 지은 언니가 훨 낫지."

해영이는 시큰둥하게 말했다.

"정빈이가 출산 제일 빠르지 않아? 며칠 안 남았다고 들은 것 같은데. 걘 입양 정해졌다고 했지?"

"아, 일주일간 입양 숙려 기간이 있어서 아직 딱 정해진 건 아닌데, 누가 정빈 언니 만나고는 갔대. 그 집에서 혈액형이랑 출산 날짜까지 다 맞춰서 정빈 언니 골랐다고 들었어. 아기가 딸인 조건도 맞고."

"그러면 금방 4층으로 가겠구나."

나는 정빈이 처지가 부러웠지만 그 마음을 감추려고 바느질 꾸러미를 만지작거리며 말했다.

"4층이 아니라 퇴소지 뭐. 아기야 그 집에서 데려갈 거고. 그래도 정빈 언니는 안심은 되겠다. 입양할 사람들이랑 서로 얼굴도 보고 얘기도 나눠 봤으니 모르는 사람한테 보내는 것보다야 맘이 더 편할 거 아냐."

"그렇겠지."

내 아기도 입양을 보낸다면 그러고 싶었다. 그러나 그런 기회가 내게 올 리 없었다. 만약 행운의 신이 있다면 내 등을 맞대고 반대편을 보고 있는 게 분명했다. 그래야 지금까지의 내 삶이 설명된다.

"근데 지은 언니 얘기 알아?"

해영이가 물었다.

"뭐?"

"아기 아빠가 누군지 모른대."

"진짜?"

순간 최소한 아기 아빠를 아는 나는 다행인 건가 하는 생각이 들었다.

"지난번에 말하는데 빨리 아기 낳아 입양 보낸 다음 회사 가고 싶다고 하더라고."

"여기 오기 전에 무슨 일 했대?"

"자세히는 말 안 해. 직장 다니다 휴직계 냈다던데."

"그럼 돈도 모았겠네. 근데 왜 여기 들어왔지? 주변 사람들 모르게 하느라고 들어왔나? 하긴…… 입양도 보내야 하니까……."

나는 지은 언니 사연이 당황스러워 중얼거렸다.

이곳에 들어온 이유. 그것을 한마디로 설명하기는 어렵다. 아마도 이곳에 들어온 다른 임산부들도 그럴 것이다. 공통점을 찾자면 갈 데가 없어서라는 대답으로 모일 것 같긴 하다. 나도 남들의 손가락질과 비난을 피해 나를 받아 주고 도와줄 데를 찾아온 것이니까.

대답을 기다리는 시간

우리의 처음 계획대로 되었다면 내가 이곳 쉼터에 있지는 않을 테지. 계획대로 안 된 것은 잘된 일일까? 무슨 수를 써서라도 계획대로 해야 했나?

그날, 지호는 정류장에 먼저 와 있었다. 지호가 보이자 나는 모자를 더 깊이 눌러썼다. 부은 얼굴을 보이기 싫었다. 사거리에 있는 신축 건물에 병원이 있었지만 우리는 버스를 타고 몇 정거장을 더 가기로 했다. 아는 사람과 마주치지 말아야 했다. 나는 버스 창밖을 바라봤다. 정확히 말하자면 아무것도 머물러 있지 않은 빈 곳을 보고 있었다. 누구하고도 눈을 마주치고 싶지 않았고 어떤 것도 보고 싶지 않았다.

지호가 알아본 병원은 버스로 삼십 분은 가야 한다고 했다. 그 정도 거리면 아는 사람을 만나지 않을 거라고 했다. 그 말을 들으며 어디로든 숨고 싶다는 생각을 했는데, 숨을 수 없었다. 되돌리고 싶었지만, 되돌릴 수 없었다. 그 생각을 하자 눈시울이 뜨거워졌다. 지호가 내리자고 팔을 잡아끌지 않았다면 결국 울음을 터뜨렸을지 모른다.

"비라도 쏟아지지."

낯선 동네에 서서 내가 말했다. 지호는 고개를 들어 하늘을 봤다.

남들 눈에 띄지 않으려면 맑은 날보다 비 오는 날이 더 나을 텐데. 어두우면 더 좋을 텐데. 하지만 날은 길가에 흐드러진 이팝꽃만큼이나 환했다. 걸을 적마다 꽃잎이 밟혀 뭉개졌는데 그마저도 투명해 보였다. 나만 어둡고 탁한 듯했다.

천천히 걸었다. 전날부터 아무것도 먹지 못했고 아침부터 미열이 있었지만, 그 어느 때보다도 괜찮아 보이려고 애쓰는 중이었다. 지호는 내게서 서너 걸음 정도 간격을 두고 앞서 걸었다. 나란히 걸었던 게 일주일 전인데, 그사이에 가늠할 수 없는 거리가 느껴졌다.

병원을 찾아 입구까지 왔을 때 지호는 주춤거렸다. 선뜻 문을 열지 못하고 '산부인과' 간판을 바라봤다. 나는 지호 등 뒤에 서서 주위를 둘러봤다. 누군가 볼까 봐 건물로 들어가는 게 망설여졌다. 대충 내용을 알고 단단히 각오하고 나왔지만, 눈물이 흘렀다. 많은 것이 예상을 빗나가도 막상 일이 터지면 나 자신의 냉담함에 놀라기도 했는데, 그날은 달랐다. 날 덮쳐 오는 감정을 밀어 낼 수 없었다. 상황을 받아들이려고 그토록 애썼는데, 소용없었다. 울음이 목 위로 부풀어 올라 자주 눈을 감고 침을 삼켜야 했다.

"잠깐만……."

나는 병원 옆 골목으로 지호를 잡아끌었다. 벽에 등을 기대섰다. 지호는 나를 바라보지 못한 채 서 있었다. 멀미라도 하는 것처럼 현기증이 났다. 내가 눈물을 훔치자 지호가 내 팔을 잡았다. 고개는 숙인 채였다.

나는 두 팔로 지호 허리를 감쌌다. 얼굴을 지호 가슴에 기댔다. 지호의 심장 뛰는 소리가 울려 내 뺨이 달싹이는 것처럼 느껴졌다. 지호 몸이 떨리고 있었다.

"내가 조심했어야 했는데, 미안해. 휴, 나도 어떻게 해야 할지 모르겠다. 미안해. 상처를 줘서."

지호 목소리가 점점 작아졌다. 나는 지호를 껴안은 팔에 힘을 주려고 했지만, 기운은 더 빠지고 있었다.

"나도 어제 미안해. 낳을 수 없는 거 아는데, 나도 애 지울 생각인데, 네가 무조건 지워야 한다고 하니까 서운하고 화났어. 가서 수술비 물어보고…… 가능하다면 오늘 빨리 수술하고……. 그렇게 하자. 돈 잘 챙겼지?"

담담해지려고 애쓰며 다짐하듯 말했다.

수술비가 얼마나 될지 몰라 서로 있는 돈을 모두 가지고 나온 상태였다.

"……."

"가자. 냉정하게 생각하자."

나는 지호 허리에 두르고 있던 팔을 풀며 말했다. '냉정'이라는 말에 힘을 주었다. 하지만 내 마음과 다르게 목소리가 떨리고 있었다.

병원 문을 열고 들어가자 서너 살 된 꼬마가 배부른 여자 손을 잡고 앉아 있는 게 보였다. 나는 머뭇거리며 접수대에 다가갔다. 지호는 더는 들어오지 못하고 입구에 서 있었다.

간호사가 내게 초진이냐고 묻고는 마지막 생리일을 물었다. 내가 겨우 대답하자 지호는 쭈뼛대며 내 쪽으로 다가왔다. 간호사는 몇 가지 설문을 작성하게 하고는 내게 종이컵을 내밀며 소변을 받아 오라고 했다.

화장실에 들어가자마자 또 눈물이 흘렀다. 인터넷에서 검색한 내용이 떠올라 무섭기도 했다. 임신 중절에 대해 찾아보니 끔찍했다. 동영상에서 꼬물꼬물한 생명은 자신을 위협하는 기구를 피해 배 속 가장자리로 달라붙으며 필사적으로 제 몸을 보호했다. 그러나 기구는 무참하게도 태아의 사지를 떼어 내고 몸통을 부숴 긁어 낸 후 최후로 머리를 망가뜨려서 끌어냈다. 저절로 고개가 저어졌다. 그 영상을 보며 세상이 가혹하여 이런 선택을 하는 것이지 내 잘못이 아니라고 누군가 말해 주길 바랐다. 지금까지 한 번도 고민해 보지 않은 문제였지만 나는 영미 씨, 아빠가 지금 같이 사는 세 번째 여자가 유산한 후에 임신이 안 된다고 했던 말이 떠올랐다. 혹시 나도 영영 임신을 못 하게 되는 건 아닌가 하는 걱정도 들었다. 그래도 냉정해져야 한다. 나는 냉정해질 것이다.

눈물을 훔치고 손을 여러 번 씻었다. 물기를 묻혀 부스스한 머리카락을 가라앉혔다. 모자를 고쳐 썼다. 대기실로 나와 보니 지호는 초조하게 서성이고 있었다. 나는 지호에게 다가갔다.

"괜찮아?"

지호가 내 손을 잡으며 낮은 목소리로 물었다. 괜찮지 않았지만 고개를 끄덕였다.

"금방 끝날 거야. 내가 책임질게. 옆에 있을게."

나는 또 고개를 끄덕였다. 대기실에 앉아 있던 여자가 우리를 빤히 바라보는 게 느껴졌다. 지호도 알았는지 고개를 숙인 채 나를 쥔 손에 힘을 주었다.

내 이름이 불리고 진료실에 들어갔을 때 나는 차분해지려고 이를 악물었다. 의사는 내게 한쪽 침대에 누우라고 하더니 복부 초음파를 살피면서 물었다.

"마지막 생리 때 양 적었죠?"

"평소보다 아주 조금이긴 했는데요."

"착상 시기에 그럴 수 있어요. 생리는 아니고요. 수정란이 자궁

에 착상될 때 피가 나올 수도 있거든요. 그걸 착상혈이라고 하는
데……. 여기 팔다리 보이죠? 얼굴 형태도 잡혔고요. 최소 16주에
서 18주 정도 된 것 같은데…… 이 정도면…… 태아가 엄마의 감정
을 똑같이 느낄 시기예요. 태아는 건강하네요. 태동 못 느꼈어요?"

의사는 컴퓨터 화면을 보며 말했다.

16주에서 18주라고? 머릿속에서 지난 날짜들이 빠르게 지나갔
다. 그러면…… 지금이 6월 17일이니까…… 2월…… 봄방학? 임
신을 예상하지 못해서였을까? 태동은 전혀 몰랐다.

"강간이나 뭐 그런 건 아니죠?"

의사는 내 눈치를 살피며 물었다. 나는 말없이 고개를 저었다.

"보호자 좀 들어오라고 해요."

지호가 엉거주춤하게 들어오자 의사는 계속 말했다.

"그런데…… 원칙적으로는 불법인데 우리 병원은 10주 이하 태
아만 가능한 선에서 수술해요. 법을 따지면 수술은 힘들고요. 둘
다 미성년자인가요?"

의사는 지호를 흘깃 보고는 말했다.

"사정이 딱하긴 한데 미성년자면 보호자 동의도 있어야 하고……
더구나 지금 임신 초기도 아니고 사 개월 지나고 있는데, 이 정도면
수술은 출산만큼 위험 부담이 커요. 출산은 생각 안 해 봤어요?"

고개가 더 숙여졌다.

"힘들더라도 부모님과 의논하여 다시 오세요."

우리는 둘 다 아무 말도 안 했다. 할 말이 없어서가 아니라 어떤 말부터 해야 할지 몰라서였다.

병원을 나오면서 간호사에게 수술 비용을 물었다. 간호사는 보호자 상담 시에 알려 준다며 뜸을 들이다가 대략 얼마라고 귀띔해 주었다. 턱없이 모자랐다. 오늘 수술해 준다고 해도 어차피 할 수 없었다.

나는 아기가 걱정됐다기보다 당장 수술이 겁났기 때문에 차라리 조금 안심이 되었다. 지호가 나와 비슷한 생각을 하는지 궁금했지만 묻지 않았다. 임신한 걸 빨리 눈치채지 못해서, 아기 지울 시기가 지나서, 혹은 당장 아기를 지우지 못해서 지호가 실망했을까 봐 겁났다.

"어떻게 됐어?"

학원을 마치고 저녁에 들어온 은지가 조심스럽게 물었다. 집을 나와 은지와 살면서 해방된 기분이었는데, 올가미에 꼼짝없이 갇혀 버렸다.

"못 했어."

"어떡해. 왜 피임을 안 해서…… . 잘 좀 하지. 어떡해, 진짜."

은지는 울상이 되어 말했다. 그 말은 임신을 확인한 순간부터 지금까지 내가 나를 원망하며 해 온 말이기도 했다.

얼떨결에 첫 경험을 한 뒤로 우리는 피임에 신경 쓰긴 했다. 둘

다 임신될까 봐 조마조마한 마음이 컸기 때문에 콘돔을 미리 준비하거나 내가 아예 섹스를 거부했다. 할 데도 마땅치 않아서 서로를 껴안은 채 가만히 있거나 지호가 제 몸을 식히기를 기다릴 때가 많았다. 그런데 첫 경험을 하고 며칠 뒤 팬티에 피가 조금 비치더니 삼 개월이 지나도록 생리는 없었다.

생리가 워낙 불규칙했고 첫 경험 말고는 계속 피임을 했기 때문에 임신인 줄은 생각도 못 했다. 하지만 임신이었다. 변화는 몸에서부터 시작됐는데 눈치를 못 챘다. 은지네 집 가는 길목에 있는 '언니네 떡볶이'는 웬만하면 그냥 지나치지 못했는데 지난달부터는 보기만 해도 속이 메슥거렸다. 매운 음식을 그렇게 좋아하던 내가 고춧가루가 들어간 음식은 먹을 수 없었다. 체했나 싶었다. 그러더니 점차 울렁거리는 것도 괜찮아졌다. 나는 전처럼 '언니네 떡볶이'에 들를 수 있었지만 어쩐지 생리는 없었다. 그제야 비로소 약국에서 임신 진단기를 샀다. 화장실에서 초조한 마음으로 진단기를 들었을 때 임신을 확인해 주는 붉은색 실금 두 개가 선명하게 나타났다.

"너무해……. 아, 왜 이렇게 되는 일이 없는지 모르겠어."

참고 있던 눈물이 터져 나왔다.

"지호도 병원 같이 갔었지? 걔 그렇게 안 봤는데……. 범생이 아니었어? 어쩌다……."

"내 인생 끝이야."

눈물이 볼을 타고 흘렀다.

"어떡해……. 학교는 다녀야 하잖아."

은지는 놀라고 겁먹은 표정으로 물었다. 내가 울음을 그치지 않자 나를 껴안았다. 눈물 콧물 범벅이 된 얼굴을 훔치려고 몸을 뺄 때 은지도 눈물을 글썽이고 있었다.

"졸업은 해야 하는데. 아기 지워야 하는데."

나는 들썩이는 가슴을 쓸어내렸다.

"무섭지 않아?"

"무서워. 다른 병원 알아봐야 하나. 미치겠다."

목소리가 떨렸다.

"그 병원에선 뭐래?"

"불법이라며 미성년자라 보호자도 있어야 하고 돈도 더 있어야 한대."

"왜 그게 불법인지 정말 이해 안 돼. 책임을 여자한테만 다 지우는 거잖아. 생명이 소중하지 않다는 게 아니라, 사실이 그렇잖아. 대책 없이 낳으면 누가 책임져 준대? 자기네가 책임져 줄 것도 아니면서 무조건 낳으라니 그런 무책임한 말이 어디 있어? 미성년이 애 낳으면 욕할 거면서. 또 낳고만 끝나? 애는 어쩌고? 안 그래?"

은지는 흥분해서 말했다. 내가 지호에게 한 말과 비슷했다.

"도대체 법이 누굴 보호하는 건지 난 통 이해가 안 돼. 그러니까 수술비도 비싸지. 마지못해 낳으라는 거야 뭐야. 그게 도대체 누굴 위한 거야? 아기는 소중하고 엄마는 소중하지 않다는 거야? 남자들은 다 싸지르기만 하고 나 몰라라 하면서 쏙 빠져나가잖아."

"다 그러지는 않겠지."

내 말이 잠꼬대처럼 들렸다.

"지금 그런 말이 나와? 당장 네가 온갖 피해 다 보고 힘들게 생겼는데?"

은지는 정신 차리라는 듯 내 어깨를 붙들고 말했다. 은지가 너무 걱정스러워 해 내 걱정이 조금은 덜어지는 느낌이었다.

"그러게. 지워야지. 강간당한 거 증명하면 합법적으로 수술해 준다는데…… 그걸 어떻게 증명하지?"

"강간이야? 아니지 않아?"

"아니지. 그런데 수술하려면…… 아니면 불법으로 해 주는 병원 있을 텐데 어디서 알아보지? 다른 사람들은 어떻게 한 거지?"

은지가 얼떨떨한 표정으로 나를 바라봤다. 그러더니 뭔가 생각난 듯 말했다.

"작년에 왜, 생각나니? 학생회 하면서 애들 잡고 다녔던 선배. 그 언니가 사물함에 놓고 간 일기장이 공개돼서 난리 났었잖아. 거기 섹스한 얘기부터 임신한 얘기도 다 쓰여 있어서…… 걸레라고 소문 파다했어. 난 그 언니 가끔 볼 적마다 무섭기도 하고 불쌍한 생각도 들고 그랬는데…… 네가 그럴 줄이야."

"그런 소문 있었어? 난 몰랐는데. 그 언니 지금 뭐 해?"

제발 잘 살고 있기를 바라는 마음으로 물었다.

"졸업하고 어디 대학 다닌다고 들었는데. 남친하고 다니는 거 봤다고 애들이 그랬어."

"그 아기 만든 남친?"

"아니겠지. 병원에도 새 남친하고 갔다는 말 있었는데."

"병원에?"

"아기 지우러. 그 언니가 수술한 병원 알면 좋은데……."

그 병원이 궁금했다.

"작년에 자퇴한 애는 임신 때문이라는 소문도 있었어. 퇴학당하기 전에 자퇴한 거란 말도 있었고. 학교서 알기 전에 너도 어떻게든 대책을 세워야 해. 학교선 남자애랑 손만 잡아도 벌점 주잖아."

"그럼 나하고 지호는 벌점이 몇 점이나 되는 거야? 설마 퇴학당하는 건 아니겠지?"

학교에서 문제가 되어 불이익을 받게 될까 봐 겁이 나서 목소리가 크게 나왔다. 하지만 금세 풀이 죽었다.

"티 나니?"

티가 안 나기를 간절히 바라는 마음으로 내 배를 바라보며 물었다.

"별로 티 안 나."

"분명히 생리라고 생각했는데. 그 뒤엔 피임했고."

"사후 피임약 쓰지."

"사후 피임약?"

"섹스 끝나고 먹는 거 있을걸? 근데 부작용 심한 경우도 있다고는 하더라."

"처음 빼고는 피임했어. 처음 하고 나서는 조금이지만 생리 같았는데. 근데 왜 임신이지?"

병원까지 다녀왔는데도 지금의 상황이 두려워서 같은 얘기를 반복하고 있었다.

"아기 생긴 것도 무섭지만 지울 생각 하면 더 무서워. 애 낳는 건 진짜 무책임한 일이겠지? 하긴 애 낳는 게 제일 무섭긴 하다."

나는 내가 무슨 말을 하는지도 제대로 알지 못한 채 중얼거렸다.

"이런 일이 생길 줄은 상상도 못 했는데. 난 우리 힘으로 어떻게든 해결하고 싶은데……. 모두에게 알려 봤자 나만 손해 볼 거야. 아, 진짜…… 지호랑 대학 같이 가자고 약속했는데……. 망했어."

겨우 진정되던 마음이 또다시 요동치기 시작했다.

"걔는 뭐래?"

"나한테 뭐라고 말을 못 하겠다고. 결혼할까? 하던데. 농담이 나오는지……. 그러다가 아무리 생각해도 애 낳는 건 아닌 거 같다고. 그건 나도 마찬가지니까. 지호가 낳으라고 해도 난 낳을 생각 없어. 빨리 고등학교 졸업하고 정식으로 아빠 집에서 나올 거야. 언제까지 네 집에 신세 질 수도 없고. 애는 안 돼. 절대 안 돼. 다른 병원 알아봐야겠어. 수술 가능한 병원…… 돈도 더 필요한데…….

아빠한테는 도저히 말 못 하겠어. 말하기 싫어. 아, 진짜 아빠는 몰라야 돼."

나는 마음이 조급해져 고개를 흔들었다. 도대체 지금 상황이 어떤 의미이고 나를 어떻게 바꾸어 놓을지 짐작조차 할 수 없었다. 나와 아기와 지호, 그리고 우리를 둘러싼 여러 사람들. 나를 비웃을 아빠와 친구들. 지금까지 애써 온 모든 시간이 소용없어질 것 같은 마음이 들었다. 그리고 며칠 뒤부터는 얼빠진 애처럼 있었다. 가슴이 탱탱하게 당기는 느낌이 자주 들면서 간간이 태동도 느껴졌던 것이다.

열흘 뒤 어떤 아주머니가 나를 찾아왔을 때 한눈에도 지호 엄마라는 걸 알 수 있었다. 얼굴선이 갸름하고 콧날이 오뚝하여 인상이 선명해 보이는 것이나 안경 쓴 모습, 훌쩍한 키 모두 지호와 닮았다. 검은 재킷에 보랏빛이 도는 스카프를 두르고, 나와 눈이 마주치자 입꼬리를 살짝 올리며 웃는 시늉을 했다. 하지만 억지웃음 탓인지 오히려 인상 쓰는 것처럼 보였다.

아주머니는 나를 잠시 바라보더니 차분한 목소리로 말했다. 병원을 함께 가 줄 테니 무리가 되더라도 수술을 하자고. 그러고 나서 지호를 만나도 된다고. 우선 학교를 졸업해야 하고 대학도 들어가야 하니까, 대학 졸업하고 나서 결혼이든 아기든 생각해도 늦지 않다고.

나도 가능하다면 그러고 싶었다. 지호와 얘기하고 결정하겠다고 했을 때 아주머니는 얼굴이 새빨개지더니 목소리를 높였다.

"우리 집에서는 지금 아기를 키울 수가 없어. 너희 집도 마찬가지 아니니? 너는 어떤지 몰라도 지호는 군대도 가야 해. 유학을 갈 수도 있어. 괜한 감상에 빠지지 말고 장래를 봐서 냉정하게 생각해. 지호도 그렇지만 네게도 앞으로 많은 기회가 있을 텐데 잠깐의 실수로 인생을 전부 망칠 셈이니? 너희 부모님을 만나서 이야기했으면 하는데, 부모님은 알고 계시니?"

"아뇨, 아직……."

"왜 조심하지 않았니? 여자 몸은 여자가 알아서 지켜야지. 너도 참 태연하다. 어쨌든 이렇게 된 거 빨리 해결하자."

이 일이 모두 내 탓이란 말 같았다. 지호와의 첫날 상황에서 내가 내 몸을 어떻게 지켜야 했을까? 아무런 생각도 떠오르지 않았다. 머리가 꽉 막힌 느낌이었다.

"연락처 좀 알려 주렴. 시간 끌 일 아니고 빨리 해결해야 할 일이야. 이미 너무 늦었는데……."

"집에는 비밀로 하고 싶은데요."

나는 차마 아빠하고 사이가 좋지 않으며 집을 나와 친구 집에서 지내고 있다는 말이 나오지 않았다. 사이좋지 않은 가족이 부끄러웠다. 그러면서도 나도 모르게 손으로 배를 감싸 안았다. 배 속에서 내가 아닌 생물체가 꿈틀대는 게 느껴졌다.

"병원에 어른이 함께 가야지 않겠어? 아줌마도 알아봤는데 낙태가 단속 심하다고는 해도 너는 미성년이니까 사정을 봐 줄 거야. 마음 같아서는 지금 당장 병원에 갔으면 하는데……."

아주머니는 내 대답을 기다리다가 내가 별말이 없자 단호한 목소리로 말했다.

"너무 오래 고민하지 말았으면 해. 네 몸에도 그게 좋아. 수술할 때 보호자 필요하다면 내게 연락해. 지호한테 하지 말고. 하루라도 늦어질수록 네 몸만 더 상하는 거야. 내 말 알아들었니? 늦어질수록 너만 손해라고. 알았지? 서둘러야 해. 무슨 말인지 알지? 응?"

내 앞에 명함이 놓였다. 지방 대학의 교수 명함이었다.

"수술하겠다고 하면 지원은 다 해 줄게. 알았지?"

아까보다는 한층 부드러워진 목소리였다.

그날 나는 지호의 연락을 기다렸지만 연락은 오지 않았다. 내가 전화해도 받지 않았다. 참담했다. 지호는 겁먹었거나 감당할 수 없어서 어디론가 숨어 버린 것일까? 어쩔 수 없이 나 혼자 여러 가지 경우의 수를 궁리해야 했다.

인터넷에서 지금 아기 상태와 내 상태를 검색해 봤다. 16주에서 18주 사이 태아는 키가 15~20센티미터로 머리가 몸 전체의 3분의 1을 차지하고 빛 자극에 반응하며……. 나는 임신 중절을 하는 쪽과 아기를 낳는 쪽을 다 예상해 봤다. 그리고 며칠 뒤 지호가 나를 찾아왔을 때 나는 이미 마음의 결정을 하고 있었다.

지호를 보자마자 화가 났지만 한편으로는 안심이 되었다. 혹시라도 임신 때문에 지호가 나를 미워하거나 떠날까 봐 겁내고 있던 것이다. 지호는 나와 눈이 마주치자 고개를 숙였다. 풀 죽은 모습이었다. 그 모습을 보니 서운했던 마음이 조금 누그러졌다. 지금 누구보다도 지호에게 의지하고 싶었다. 당연한 일인데도 와 준 게 고마웠다. 나는 애써 목소리를 가다듬고 차분하게 말했다.

"입양 보내더라도 아기 낳으려고. 벌써 오 개월 돼 가는데. 미안해. 쉽게 결정한 건 아니야."

위험 부담이 크다는 의사의 말이 마음에 걸렸고 아빠 모르게 감쪽같이 일을 치른다 해도 다시 공포를 느끼며 병원에 들어가고 싶지 않았다. 무엇보다 배 속에서 아기의 움직임이 느껴지면서 내 마음은 이루 설명할 수 없을 정도로 복잡해졌다.

"그럼 이제 어떡해? 내가 뭘 해야 할지 모르겠어. 아무런 생각이 안 나. 너무 겁나서……. 미안해. 설마…… 키울 거야?"

"넌?"

"……."

지호의 답을 기다리는 시간이 길게 느껴졌다. 이모 집 초인종을 누르고 이모가 나오기를 기다리던 순간처럼, 현관문을 들어선 엄마가 내게 말을 붙이기를 고대하던 순간처럼, 임신 진단기에 실금 두 줄이 안 나타나기를 바라던 순간처럼. 내 앞에 닥친 삶을 받아

들이고 결정하기에는 턱없이 짧은 시간이었다. 하지만 돌이켜 보면 짧은 순간에 삶은 정해지는 법이다.

"아기가 움직이는 게 느껴져. 살아 있는 게 느껴지는데 죽이지 못하겠어. 이런 선택 하는 게 나도 미칠 것 같은데…… 나도 이게 잘하는 건지 모르겠는데. 아기가 내 감정도 그대로 느낀다잖아. 입양 보내더라도 낳아야 할 것 같아."

"……"

나는 지호가 같이 키우자고 하면 두 눈 꾹 감고 그럴 참이었다. 내가 계획한 열여덟 살의 삶은 아니었지만, 비록 실수였더라도 이 아이는 우리 둘의 아이였고 우리가 어떤 식으로든 책임져야 했다.

만약 함께 못 키우겠다고 하면? 매달리고 부탁한다고 해결될 일이 아니란 걸 안다. 우리 부모만 봐도 나를 서로에게 미뤘다. 어렴풋하게나마 한 아이를 책임진다는 건 제 삶을 전적으로 내줘야 하는 일이라는 것쯤은 알고 있었다. 나도 자신이 없어 망설이는 일을 지호에게 강제할 수 없었다. 유일한 가족인 아빠한테조차 기댈 수 없기 때문에 입양을 보내거나 혼자 키워야 했다. 아마도 입양을 보내야 할 것이다.

"다른 방법은 없을까?"

"무슨? 지우는 거?"

"미안해. 나도 뭐가 최선인지 모르겠지만 이런 말, 잘…… 잘 안 나오는데…… 아이를 낳으면 대책이……. 너나 나나 현실적으로 아이를 어떻게 키워?"

지호는 고개를 또 푹 숙였다. 미안하다는 말과 고개 숙이는 것 밖에 모르는 애 같았다. 자꾸 손으로 안경을 만지작거렸다. 초조할 때 나오는 버릇이었다. 불편해하는 기색이 역력했다. 나는 그게 마음에 안 들어 입술을 깨물었다. 일부러 툭툭 소리를 내며 발끝으로 바닥을 서너 번 찧었다. 지호에게 매달려 해결할 수 없다는 걸 빨리 인정해야 했다. 점점 불러 올 배를 어떻게 감추어야 할지, 당장 학교는 어떻게 다녀야 할지도 고민해야 했다. 지호가 느낄 당황스러움이나 난처함을 모르지 않았지만 모든 게 나 혼자만의 일처럼 느껴져 저절로 얼굴이 일그러졌다.

그리고 지금, 모든 일은 정말 나 혼자 감당해야 할 몫이 되어 가고 있었다. 침대 머리맡에 둔 휴대 전화를 들었다. 지호에게 문자를 보내 볼까 하다가 그만두었다. 그 대신 이어폰을 꽂고 음악을 틀었다. 둘이 자주 듣던, 익숙한 노래가 흘러나왔다.

나 가 는 사 람 과 들 어 오 는 사 람

저녁에 식당에 내려가니 공기가 심상치 않았다.

"무슨 일이야?"

식판에 밥을 퍼 담고 앉으며 물었다. 해영이는 아무 말 말라는
듯 손가락을 입술에 갖다 대더니 귓속말로 이따 말해 주겠다고 했
다. 그러고는 금세 옆자리에 앉은 산모에게 호들갑을 떨었다.

"아유, 예뻐라. 손가락 좀 봐."

산모는 막 한 달이 지난 아기를 안고 있었다. 아기는 아무하고나
눈이 마주치면 방긋방긋 웃어 보였다. 산모가 포대기를 끌어당겨
아기의 팔을 감싸자 아기의 발이 자꾸 비죽 나왔다. 맨발이었다.

"잠을 통 안 자. 미치겠어. 내려놓기만 하면 울고. 다른 아기들은

잠도 잘 자는데, 얘는 제멋대로야."

"엄마 닮았나 보다. 그치, 한결아? 어쭈쭈, 저것 봐. 또 웃네."

해영이가 아기 손에 제 손을 갖다 대자 아기는 한 손으로 해영이 검지를 쥐고 제 입으로 가져가려 했다.

"아, 정말…… 얘를 어떻게 해야 할지 모르겠어."

"엄마가 떨어뜨려 놓을까 봐 잠도 안 자고 안아 달라고만 하나 보다. 아유, 똘똘해."

해영이 말에 산모는 말없이 포대기를 더 끌어당겼다. 그러고 밥을 먹으려 했지만 아기를 안은 손이 자꾸 균형을 잃고 흔들렸다.

"아기는 나한테 주고 밥부터 먹어."

주방 이모가 앞치마를 풀더니 산모에게 다가왔다. 산모는 아기에게 공갈젖꼭지를 물리고는 이모 손에 아기를 넘겨주었다. 그러고는 밥을 수저로 크게 푹 떠서 미역국에 말았다. 제대로 씹지도 않고 삼키는지 국그릇이 금방 비었다.

"이모, 한결이가 젖도 잘 못 빨아요. 정말 보내기 전에 해 줄 수 있는 것 다 해 주려고 했는데……."

산모는 수저를 내려놓으며 울먹였다.

"보내기로 했어?"

주방 이모는 아기를 어르며 산모에게 물었다.

"그래야 될 것 같아요."

주방 이모에게서 아기를 받아 든 산모는 울상이었지만 아기는 웃고 있었다.

"아기는 체온이 금방 떨어지니까 다음에는 방에 있더라도 양말 신겨 줘. 요즘 날씨가 차."

산모는 금방이라도 눈물을 쏟을 것 같은 표정으로 아기 발을 감싸려고 포대기를 끌어 내렸다. 입양 결정을 하고도 그게 과연 잘하는 일인지 머뭇거리는 심정이 느껴졌다. 나도 이미 느끼고 있는 감정. 하루에도 몇 번씩, 이게 최선일까 하는 의심이 불쾌하게 따라다니는 감정이었다. 그 의심을 아기 때문에 단절되었던 시간이 곧 회복되리라는 희망으로 지우려 했지만, 잘 안 됐다.

마지막으로 내가 일어섰다. 식판을 밀어 넣는데 주방 이모가 물었다.

"밥 먹을 만해?"

"맛있어요."

진심이었다. 학교에서도 친구들은 급식이 맛없다고 했지만 나는 맛있었다. 아빠가 만든 음식은 별로였고 할머니가 만든 음식은 점점 짜지면서 내 입에 맞지 않았다. 은지와 지내면서 처음 몇 번은 요리법을 찾아서 음식을 만들어 먹기도 했지만 우리 둘 다 서툴렀고 점점 흥미도 잃었다.

나는 진짜 최고라는 표시로 엄지를 세워 보였다.

"어쨌든 기분은 좋네."

주방 이모는 소리 내어 웃었다.

나는 식당을 빠져나왔다. 익숙한 일은 아니었지만 누군가를 웃게 하는 건 기분 좋은 일이었다. 오랜만에 느끼는 기분이었다.

은지나 지호를 제외하고는 다른 누구와 함께 있는 일이 곤혹스러울 때가 많았다. 적당한 거리를 두는 게 속 편했다. 사람들에게 상냥하게 대꾸하거나 호의를 보이는 것, 그건 아무리 해도 익숙해지지 않았다. 아빠나 영미 씨에게조차 힘들었다.

그러니까 내가 지호와 연애라는 것을 한 것은, 결코 혼자 있는 게 힘들어서라거나 외로움을 달래기 위해서는 아니었다. 논리적으로 설명할 수 없지만 우리는 함께 있는 게 좋았고 함께 있고 싶었다. 그런데 그 탓에 나는 다시 혼자가 되었다. 아니, 아기와 함께였기 때문에 혼자 자유로움을 누릴 수도 없었다. 한 생명의 무게를 오롯이 감당해야만 했다.

3층 방에 들어갔을 때 해영이가 내 옷자락을 잡아끌었다. 지은 언니는 이불을 어깨까지 덮고 누워 있었다.

"아까 식당에서 왜 그랬냐면, 옆방 커트 머리 한 애 나갔대."

"왜? 아직 애 안 낳았잖아."

"쫓겨났대. 욕실에서 담배 피운 거 누가 찔렀나 봐."

"담배 피웠어?"

"그랬나 봐."

"그럼 어디로 가? 아기는 어떻게 해?"

"모르지. 언니는 담배 안 피우지?"

"피워 본 적 있는데 나랑 안 맞아. 술도 별로 맛없고."

"난 사실 지금 제일 먹고 싶은 게 맥주야. 하지만 사랑이를 봐서 참아야지."

그러면서 엄마가 이 정도라는 듯 의기양양한 표정으로 제 배를 쓰다듬었다.

"술 잘 마셔?"

"그건 아니지만…… 그렇게 됐네."

그러면서 자기 말이 우습다는 듯이 소리 내어 웃었다.

"남친이 잘 마시지. 사진 볼래? 엄청 착하게 생겼어."

해영이는 휴대 전화 화면을 넘기며 환하게 웃고 있는 남자 사진을 보여 줬다.

"고딩 같다. 되게 어려 보여."

"나보다 한 살 많아. 열여덟 살. 원래 동안이긴 해. 사진이 더 그렇게 나오긴 했어."

해영이는 사진만 봐도 좋은지 얼굴에 슬그머니 미소가 떠올랐다. 지호도 동안이긴 한데. 지호 생각을 하자 가슴이 꽉 막혀 왔다.

"오빠가 방 얻을 돈 마련한다고 주유소에서 열심히 일하고 있어. 오빠 집에서는 안 도와준다고 하고."

"너희 집에는 얘기했어?"

"아니. 우리 집은 학교 그만둘 때도 상관 안 했어. 오히려 아빠한테 두들겨 맞고 집에서 쫓겨났어. 힘들어도 난 빨리 화목한 가정 만들고 싶어. 우리 집 같은 곳 말고 진짜 화목하고 사랑이 넘치는 가정."

해영이는 금방이라도 이룰 수 있을 것처럼 말했다.

"그런 게 가능할까?"

나도 이루고 싶지만 자신 없는 일이었다.

"가능하게 해야지. 벌써 힘들지만. 그래도 우리 부모 같은 부모는 절대 안 될 거야."

나는 그 말을 따라 하고 싶었지만 입이 떨어지지 않았다. 그 대신 내 처지가 떠올라 풀 죽은 채 말했다.

"그래…… 나보다 낫네. 둘이 마음 맞으니……."

"그런가? 하긴 여기 사람들 얘기 들어 보니까 애를 같이 키우겠다는 애 아빠가 별로 없더라. 그런 거 보면 우리 오빠가 엄청 착한 거야."

해영이는 지은 언니 쪽을 슬쩍 보고는 목소리를 낮춰 말했다. 지은 언니는 우리가 떠드는 소리가 듣기 싫었는지 아예 이불을 머리까지 뒤집어썼다.

지호는 나와 아이를 같이 키울 생각을 해 봤을까? 해 봤는데 답이 안 나왔을까? 아니, 걔네 엄마가 키우는 건 안 된다고 지호를 설득했을지 모르지. 아냐, 엄마 말이 다겠어? 지호가 지금까지 우물쭈물한 걸 생각해 보면 자기한테 아기의 존재는 말도 안 되는 상황인 거지. 내가 피하고 싶은 상황인 것처럼.

나는 아기를 함께 키우기로 한 해영이 커플의 무모함이 부러웠다. 나나 지호가 선뜻 선택할 수 없는 일이었다.

"임신만 아니라면 검정고시 보려고 했는데. 막상 학교를 나와 보니까 교복 입고 학교 다니는 애들이 그렇게 부러운 거야. 그렇다고 다시 집에 돌아가기는 죽기보다 싫고. 그러다 오빠 만나서······ 이렇게 된 거지. 돈 없어서 중절도 못 하고······. 오빠가 싫다고 하면 혼자 키울까도 생각했어. 어떻게든 살아지겠지 그러면서. 그러다가 또 자신 없어지면 입양 보내야 하나 생각하고."

그동안 고민이 많았을 텐데도 해영이는 천진하게 말했다.

"난 어떻게 하는 게 맞는지 잘 모르겠어."

혼자서 애 키우는 걸 구체적으로 생각해 본 적이 없었다. 아니, 상상하려 해도 떠오르지 않았다. 임신도 감당이 안 되는 큰 사고인데, 혼자서 애를 키운다고? 그림이 전혀 그려지지 않았다.

"난 가끔 그런 생각을 해. 사는 데 정답이 어디 있나 하는 생각. 입양 보내는 산모들 봐도 이해가 되고, 혼자 키우려는 엄마도 이해가 되고. 그래서 내가 공부를 못했나 봐. 정답을 못 골라서."

해영이는 말을 하다 말고 소리 내어 웃었다. 기분이 좋아 보였다.

"아 참, 이거 바를래? 튼 살에 좋대. 언니도 바를래요?"

해영이 손에는 로션이 들려 있었다. 지은 언니는 기척이 없었다.

"배나 허벅지에 살 트지 않아? 난 엄청 심해."

"난 괜찮은데."

"피부가 탄탄한가 보다. 그래서 배도 덜 나왔나 봐. 그래도 예방 차원에서 발라 줘."

로션을 손바닥에 짜니 풀 냄새가 났다. 나는 셔츠 속에 손을 넣어 배를 천천히 문질렀다. 배를 문지를 때마다 태동이 느껴졌다. 어제는 왼쪽 배에서만 움직임이 느껴지더니 오늘은 가운데와 오른쪽 배에서 번갈아 가면서 움직임이 느껴졌다. 아래도 뻐근했다. 내가 기분이 안 좋으면 배가 단단하게 뭉쳐 있다가도 내가 기분이 좋아지면 거짓말처럼 아기도 덩달아 마구 움직였다.

지은 언니가 천천히 일어나 앉아 우리를 힘없이 바라봤다. 내가 로션을 건네자 아무 말 없이 받아 들었다.

"넌 남친이 잘해 줘? 고등학생?"

지은 언니가 조심스러운 표정으로 내게 물었다.

"고 3. 학교 다녀요."

"불공평하네. 언니는 학교 못 다니고 애 아빠는 다니고."

해영이가 한마디 했다.

"남자는 도망가기 쉬워."

지은 언니가 느리게 말했다.

나는 씁쓸한 마음이 들었다. 해영이나 지은 언니 말에 지호를 두둔할 수 없었다. 지호와 헤어지게 될지도 모른다는 사실은 아이를 낳아야 한다는 사실만큼이나 나를 불안하게 했다. 지금 상황이 꼭 헤어지는 순서 같았다. 더구나 이곳에 들어오고 나서 지호는 연락도 점점 뜸해졌다.

"아기는 입양 보내?"

"그래야 할 것 같아요. 하루에도 몇 번씩 마음이 달라지지만…….
언니는 안 그래요?"

내 말에 지은 언니는 별말이 없었다. 조금 뜸을 들이더니 힘없이 대답했다.

"후회되지. 억울하고."

지은 언니의 창백한 얼굴에 달그림자 같은 그늘이 스쳤다. 이곳에 있는 사람들은 대부분 지은 언니처럼 느낄 것이었다. 후회. 그리고 억울함.

"하긴, 나도 그랬어. 혼자 키울 생각 해도 눈물이 나고 오빠한테 말하려고 해도 눈물이 나고. 입양을 보내야 하나 생각하면 가슴이 탁 막히고. 정말 내 신세가 엉망인 거야. 도움을 요청할 데도 없고. 나중에 오빠가 힘들더라도 함께 키우자고 했을 때는 더 많이 울었어. 고마워서. 지금은 안 울어. 이런 곳이라도 있어서 얼마나 다행인지 몰라. 밖에서 지낼 때보다 밥도 더 규칙적으로 잘 먹는다니까."

해영이는 웃어 보였다. 자기 삶을 받아들인 사람이 보여 줄 수 있는 여유가 언뜻 비쳤다. 문득 나도 내 삶을 순순히 받아들일까 하는 생각이 들었다. 혼자서라도 아이를 키울까 하는 생각. 불만투

성이고 내세울 것 없지만 밀어붙여 보면 어떨까 하는 생각. 하지만 이 상황을 돌파할 자신이 없었다.

그때 사회 복지사가 짧은 단발머리 임신부를 데리고 들어왔다. 얼굴이 앳돼 보였다.

"오늘 입소한 친구야. 옆방으로 갈 거야."

우리는 어색하게 고개를 까딱했다. 그 아이는 우리를 보더니 쭈뼛쭈뼛했다.

"방은 안 바꾸는 거죠? 정빈 언니는 나아졌나 봐요?"

해영이가 물었다.

"출산이 오늘내일하고, 얘기가 더 없는 거 보니 풀렸나 봐."

넷 다 말이 없었다. 짧은 정적 사이로 과일 트럭 아저씨의 마이크 소리가 울렸다.

새로운 임신부가 들어오는 순간 그 아이가 여기에 오기까지 겪었을 시간도 한꺼번에 들어온 듯했다. 이곳으로 올 수밖에 없었던 네 명의 삶으로 가득 차, 방 안 공기가 숨 막힐 듯했다. 엄마의 속마음을 눈치채고 나서 숨 쉬는 것조차 조심스러워 눈치를 봤던 이모 집 같았다.

공기가 답답해 나는 창문을 조금 열고 바람을 들이쉬었다. 어색해서 창밖을 바라봤다. 익숙해질 만한데도 이곳에서 나와 비슷한 처지인 사람을 보는 일이 쉽지 않았다.

사회 복지사와 새로운 임신부가 나갔다.

"언니는 예정일 다 되지 않았어요?"

해영이가 물었다.

"사흘 뒤."

"떨리겠다."

해영이 말에 지은 언니는 고개를 끄덕이며 말했다.

"지금은 아무 문제나 없었으면 좋겠어."

언니는 아기를 유산시키려고 술을 퍼마시기도 하고 한밤중에 달리기를 하기도 하고 밥을 굶기도 했다며 아기 건강을 걱정했다. 죽을 생각으로 아파트 11층까지 올라갔지만 아기가 배를 차고 움직이는 바람에 펑펑 울다 내려왔다고 했다. 그 뒤 인터넷으로 검색해 온 곳이 여기였다.

나는 지은 언니에게 아기를 어떻게 할 거냐고 묻지 않았다. 내가 제일 받고 싶지 않은 질문이었기 때문이다. 몇몇을 제외하고는 나처럼 난처할 거였다. 입양을 보낸다는 게 떠벌일 일은 아니니까.

지은 언니는 출산 예정일이 지나도 진통이 없자 병원에 진료를 보러 갔다. 그리고 바로 입원한다고 연락해 왔다. 병원에 입원한 지 사흘째 되던 날 언니는 아기를 안고 우리 방으로 걸어 들어왔다. 언니 얼굴은 부은 것 같았지만 배는 홀쭉했다. 아기는 자고 있었다.

"아기가 부러질 것 같아. 꼼짝을 못 하겠어. 어떡해."

내가 언니에게 아기를 받아 안고 어쩔 줄 몰라 하자 언니는 조심스럽게 아기를 건네받았다.

"아들이야. 건강도 괜찮고."

언니 표정이 지금까지 본 중에 가장 편안해 보였다. 잠든 아기만
봐서는 언니와 닮아 보이지 않았다. 문득 아기 아빠가 어떻게 생겼
을까 궁금했다.

"다행이다. 그럼…… 이제…… 어떻게…… 되는 거야?"

해영이가 더듬더듬 물었다.

"여기서 한 달 정도 더 있다가……. 참, 정빈이도 같이 퇴원했어."

언니는 잠들어 있는 아기 얼굴을 내려다보며 말끝을 흐리더니
화제를 돌렸다.

그날 언니는 4층으로 올라갔다. 나는 언니가 나간 자리를 물끄
러미 바라봤다.

아기를 나보다 더 좋은 부모에게 입양 보내는 게 인생의 걸림돌
을 해결하는 일이라는 걸 알고 있었다. 자식을 버리고 싶은 부모가
없다는 말을 나는 믿지 않았다. 어떤 부모는 자식보다 자신의 삶을
더 중요하게 여긴다. 그래서 나는 더 괴로웠다. 더 좋은 부모를 만
나는 게 아기를 위한 길이라고 되뇌어도 마음속에서는 나도 어쩔
수 없나 싶었다. 홀가분하게 살기 위해 아기를 남에게 미루려는 느
낌을 지울 수 없었다. 내가 그토록 미워하던 부모처럼 말이다.

지은 언니도 나와 비슷한 생각을 하지 않았을까? 아기를 안은
지은 언니의 뒷모습에는 무거움과 가벼움이 함께 얹혀 있었다.

그리고 그다음 날, 정빈이가 아기를 데리고 나가 버렸다. 도망이었다. 오후에 사무실에 내려가 보니 아기를 입양하기로 한 여자가 홀쭉한 몸으로 울고 있었다.

예상치 못한 어긋남이 내게만 일어나는 일은 아니었다.

모 두 언 젠 가 는 깨 닫 게 되 겠 지

대학생이 되면 하고 싶은 것

1. 평일에 늦잠 자기

2. 각 도시의 국제 영화제 무박 이 일로 참여하기

3. 미성년자 출입 금지 구역 가 보기

4. 지호와 바다 가기

5. 영화 작업 해 보기(극본, 연출, 연기 어떤 것이든)

6. 대학 축제에 친구 초대하기

7. 배낭여행을 위한 아르바이트하기

8. 해외로 배낭여행 가기

9. 장학금 받기

10. 다이어트

11. 밤새워 미친 듯이 놀기

12. 머리카락을 주황색으로 염색하기

13. 집 나와 자취하기

14. 영어, 영화 관련 동아리에서 적극적으로 활동하기

15. 술자리에서 나를 대신할 흑기사 부르기

16.

17.

　미처 다 채우지 못한 목록을 훑어봤다. 저 목록을 적을 때만 하더라도 한순간에 모든 게 지워지게 될 줄은 몰랐는데. 지금은 아무리 훑어봐도 할 수 있는 일이 없었다. 공책을 덮었다. 내 삶이 암흑으로 덮이는 것 같았다.

　나는 내가 겪은 일들을 과장하거나 시시콜콜 까발리고 싶은 생각이 없다. 기쁨이나 즐거움보다 슬픔이나 질투, 좌절감 같은 감정을 훨씬 자주 느끼는 삶을 미화하고 싶지도 않다. 내 삶을 나열하기 시작하면 내가 정말 재수 없는 아이라는 생각이 든다. 나는 내 앞에 진흙탕이 있을 거라고 예단하지 않았고, 진흙탕인 줄 알면서 일부러 빠진 적도 없다. 그런데도 자주 진흙탕에 빠지는 기분이 들었다.

　어른의 세계를 흉내 내고 싶었던 것도 아닌데 어쩌다가 이렇게

됐다. 내 잘못이라면 좋아하는 애랑 섹스한 것? 모르는 사이 임신이 된 것? 임신 사실을 늦게 안 것? 두려움과 위험을 무릅쓰고서라도 수술을 못 한 것?

어디서부터 잘못된 걸까 생각해 보면 결국에는 태어난 순간까지 가게 된다. 하지만 그건 내가 선택할 수 있는 문제가 아니었다. 이모 집에 갔다가 다시 할머니 집에 가게 된 것도 내 선택은 아니었다. 지금은? 내 선택이 아니라고는 말 못 하겠다. 그게 나를 힘들게 했다. 내 선택이기 때문에 내가 책임져야 한다는 것. 아기 때문에 생기는 감정들을 모른 체할 수 없었다.

친구들과 스스럼없이 수다 떨 수 없고, 졸업 여행이나 시험이 끝난 후의 느긋한 저녁 시간도 즐길 수 없고, 지호와의 오붓한 데이트를 생각할 수도 없었다. 대학 생활을 즐기려던 목표를 포기하고 아기 딸린 삶을 감당해야 하는 것이 두려웠다. 자신도 책임 못 지는 사람이 다른 사람까지 떠맡는다는 게 말이 돼? 시시때때로 나는 내게 속삭였다. 그러면서 아기는 엄마의 목소리를 모두 듣고 있고 생각도 전달받는다는 점 때문에 저절로 마음이 움츠러들었다. 누구에게도 들키고 싶지 않은 마음이었다. 특히 아기에게는.

아기를 낳기로 결심하자 나는 엄마가 어떤 사람인지 더 궁금해졌다. 내가 기억하는 엄마 말고 내가 모르는 엄마. 조금이라도 좋았을 엄마. 엄마는 나를 그렇게 보내고 행복했을까? 나는 아기를 입양 보낸다는 상상만으로도 마음이 철렁 내려앉는데. 엄마도 그랬을까? 마음 아프지만 다른 수가 없다고 되뇌었을까? 엄마에게도 말 못 할 사정이 있었겠지? 입양을 선택하는 산모처럼. 엄마가 아빠에게 나를 맡기고 떠난 건 계획한 삶의 순서가 바뀐 탓이 아니었을까? '사랑—결혼—아이'가 아니라 '아이—결혼—사랑' 이런 식으로. 엄마는 자신이 추구하던 삶을 포기할 수 없었을지도 모르지. 어쩌다 생긴 아이 때문에 엄마의 삶이 발목 잡힌다고 느꼈을 거야. 아니야, 내가 왜 엄마를 이해하려고 하지? 나는 생각을 멈췄다. 그러고는 엄마를 이해하는 대신 나를 버린 냉정한 사람으로 남겨 두기로 했다. 엄마를 이해하고 싶었지만, 이해할 것도 같았지만, 그러기에는 억울했다.

오후에 병원에 가려고 할 때 아빠에게서 문자가 왔다. 집에 한번 들르라는 내용이었다. 아빠는 떨어져 지내는 기간이 길어지자 종종 안부 문자를 보냈다. 요즘 같아서는 차라리 모른 척하는 게 더 나을 텐데.

집에 마지막으로 들른 게 8월 초였다. 집에 갔을 때는 영미 씨만 있었다. 배가 더 부르기 전에 두꺼운 옷들을 챙기러 들른 거였다. 내가 쓰던 방은 그대로였지만 빨래 건조대가 방 가운데를 차지하고 있었다. 한쪽 벽면에는 영미 씨가 새로 들인 서랍장도 보였다. 그 모습을 보자 어쩐지 내가 이 방에서 별로 중요하지 않으며 언제든지 다른 것과 대체 가능한 존재처럼 여겨졌다.

옷 몇 가지를 챙겨 들고 나오는데 영미 씨가 뭔가를 내밀었다.

"복숭아야. 마트에서 상처 난 거 얻어 왔는데 더 상하기 전에 빨리 먹어 치워야 해. 성하지 않아도 이런 게 더 달아."

나는 됐다고 말할까 하다가 괜한 꼬투리를 잡히기 싫어 비닐봉지를 받아 들었다. 묵직했다.

"걱정 마요."

묻지도 않았는데 내가 말했다.

"걱정 안 해. 다 큰 기지배가 어련히 알아서 잘하겠지."

그 말이 뜨끔하게 뒤통수를 쳤다. 그게 석 달 전 일이다.

나는 휴대 전화 자판을 열어 놓고 문자를 어떻게 보낼까 궁리했다. 다행히 고 3이라는 사실은 집에 자주 가지 않아도 되는 구실이 되었다. 고등학생이 되자 아빠는 공부가 성미에 안 맞으면 졸업하고 바로 취직하라며 소리 지르곤 했다. 그때마다 나는 공부하려고 작정한 것도 아닌데 공부가 더 하고 싶어졌다. 진학이 어렵다고 생각되는 지금은 더욱더 공부가 하고 싶었다.

> 매일 야자해서 시간 없어

내 답문에 아빠는 별말이 없었다. 별말이 없었기 때문에 나는 덧붙여 문자를 보냈다. 혹시라도 나를 보겠다고 찾아오면 곤란했다.

그래라

아빠의 답문을 받고 나서야 나는 안심했다. 그나마 아빠가 내 말을 곧이곧대로 믿는 것 같아 다행이었다. 그 점 때문에 아빠가 만만했고, 미워할 수만은 없었다.

병원에 도착했을 때 간호사는 "오늘은 내진하고 초음파 보실 거예요."라며 아래옷을 벗고 병원에서 준비한 치마로 갈아입으라고 했다.

"속옷도 벗어요?"

"그래야 보죠. 옷 갈아입고 이쪽으로 오세요."

내가 헐렁한 고무줄 치마로 갈아입고 커튼을 젖히자 간호사는 유(U) 자 모양 다리 받침대가 달린 의자 위에 종이를 깔고 있었다. 왜 이 의자를 굴욕 의자라고 부르는지 앉지 않고도 단숨에 알 수 있었다.

"여기에 궁둥이 닿게 하고 다리를 벌려서 받침대에 올리세요. 양쪽에 다리를 걸치고 누우면 돼요."

간호사는 의자에 깐 종이를 조금 아래로 잡아당기며 말했다.

나는 속옷도 입지 않고 다리를 벌린 채 누웠다. 아래가 훤히 보이는 게 민망해 치마를 끌어당겨 무릎까지 덮었다. 하지만 의사가 들어오자마자 간호사는 내 허리춤에 커튼을 치고는 순식간에 내 치마를 허벅지 위로 젖혔다. 의사 목소리가 커튼 너머에서 들렸다.

"힘 빼세요."

그 말을 들으니 무릎에 힘이 더 들어갔다. 의사와 간호사가 내 가랑이 사이를 들여다본다고 생각하니 무릎은 점점 오므라들었다.

"힘 빼야 안 아파요."

의사 말에 간호사는 내 왼쪽 무릎을 짚고 섰다. 질 속으로 차갑고 뭉클한 것이 들어왔다가 빠져나갔다. 아랫배에 뻐근하게 통증이 느껴졌다. 신음을 내는 게 창피해서 입을 꾹 다물었지만 끙 소리가 저절로 흘러나왔다.

"내진 처음이에요?"

"네."

나는 겨우 대답했다.

"자궁은 아직 벌어지지 않았지만 튼튼하네요. 다 됐어요."

내 성기가 어떻게 보일지 궁금한 마음이 들어 나는 더 곤혹스러워졌다. 간호사나 의사가 수많은 가랑이 사이를 보며 어떤 기분이 드는지도 궁금했다. 어쩐지 민망했다.

"됐어요."

의사가 진료용 장갑을 벗어 휴지통에 버리는 소리가 들렸다. 간호사는 커튼을 젖히며 나를 일으켜 주려고 손을 내밀었다.

"괜, 괜찮은가요?"

나는 더듬거리며 물었다.

"선생님이 말씀해 주실 거예요. 옷 갈아입고 저쪽 침대로 와서 누우세요."

간호사는 내가 깔고 누웠던 종이를 구겨 휴지통에 버렸다. 그러고는 진료실 한편에 붙어 있는 침대를 가리켰다.

침대에 눕자 간호사는 내 옷을 젖혀 배가 둥그렇게 나오도록 했다. 배에 차가운 로션 같은 걸 바르자마자 의사가 내 쪽으로 다가와 앉았다. 의사는 미끌미끌한 기구를 내 배에 대고 문지르며 내가 잘 볼 수 있도록 모니터를 돌려 주었다.

"불편하면 말해요. 지금 초음파 보려는 거고요."

"아까…… 검사한 건 어떤가요?"

"괜찮아요. 골반도 좋아요. 아기 위치도 괜찮고요. 배가 뭉치는 느낌이 들지는 않죠? 만약 배 뭉치는 현상이 십 분 이상 계속되면 바로 병원으로 와야 해요. 혹시 양수가 터지거나 진통이 오면 출산 징조니까 무조건 병원으로 오세요. 예정일이 이 주일 정도 남았는데 그때까지 꾸준히 운동해 주고요."

"운동은 어떤……."

"걷기 좋고요. 혹시 쉼터에 짐볼 있나요? 짐볼 타는 것도 괜찮고 고양이 자세로 걸레질하는 것도 괜찮아요. 아기 위치 잡아 주고 자연 분만 하는 데 도움될 거예요."

"네."

"초음파는 처음인가요?"

"아뇨, 임신 초기에 한 번 했어요."

"이게 자궁이고요, 아기집이죠. 이쪽이 아기 몸통이고요, 여기 얼굴도 보이네요. 여기가 눈……. 코가 오뚝하네요. 이건 심장이고……. 초음파상으로는 아기가 2.7킬로그램 정도 나가네요."

의사는 모니터 화면을 보고 이리저리 배를 문지르며 말했다. 그 때마다 화면에는 희끗하고 검은 모습이 불룩해졌다가 평평해지고 커졌다가 작아졌다. 임신 초기에 작은 그림자로만 보였던 모습이 어느새 사람 모양으로 웅크리고 있었다. 아기는 내 몸 안에 있지만 내가 관여할 수 없는, 나와는 다른 세계에 감싸 안겨 있는 것 같았다.

"그리고 이건 아기 심장 소리예요."

팔딱이는 소리가 들렸다. 검은 화면에서 아기는 인형처럼 고요해 보였는데 쉼 없이 소리를 내고 있었다. 내 심장이 조금 더 빠르게 뛰었다. 내진받을 때의 수치심이 사라지고 있었다.

"제 심장이 빠르게 뛰면 아기 심장도 빠르게 뛰나요?"

"아마도 영향받겠죠? 엄마와는 다른 몸이고 다른 생명이지만 엄마 몸속에서 커 가니까. 엄마의 기분이나 느낌을 전달받겠죠."

"딸이에요, 아들이에요?"

"여기, 다리 사이를 보면 고추처럼 보이는데 탯줄이고요, 딸이네요."

의사는 화면을 가리키며 말했다.

아기는 온몸에 힘을 빼고 눈을 감은 채 내 몸속에 떠 있는 것처럼 보였다. 아마도 그때 아기가 온전히 내 안에서 나만을 의지해 자라고 있고 나를 통해 세상을 보려고 한다는 것을, 그리고 지금은 나에게 속했지만 나와는 다른 새로운 생명이라는 것을 느꼈던 것 같다.

그 기대를 저버리지 말아야겠다는 생각이, 엄마가 뭔지 잘 모르지만 까짓것 한번 해 보자는 의지가 내게 서서히 들어찼다. 모양이 있다면 작은 씨앗이 순식간에 커져 단단한 아름드리나무가 되는 모습으로.

나는 아기의 심장 소리를 들으며 나 자신을 믿고 내가 처한 상황을 뚫고 나가기로 했다. 설령 실패하더라도, 한 발 한 발 디뎌 보기로 했다. 내게 엄마는 남들에게처럼 의미 있는 이가 아니었지만, 나는 이 아기에게 의미 있는 존재가 되어 보자고 했다. 어려움이 크겠지만 살아 보겠다고 하면 헤쳐 나갈 수 있을 것 같은, 미약하나마 그런 자신감이 가슴에서 불끈 솟구쳐 올랐다. 그러자 그동안의 온갖 갈등이 뒤로 물러서고 내가 불쑥 내 삶의 무대 앞으로 나와 선 느낌이 들었다.

진료를 마쳤을 때 간호사는 초음파 사진과 산모 수첩을 건넸다. 산모 수첩에는 엄마, 아빠, 아기 이름을 적는 칸이 있었다. 수첩 뒷부분에는 신생아가 맞아야 할 예방 접종 목록이 부록처럼 있었다.

"동영상은 메일로 보내 줄까요, 톡으로 보내 줄까요?"

"무슨 동영상요?"

"방금 본 태아요."

센터에 도착하기도 전에 톡으로 동영상이 도착했다. 일 분이 조금 넘는 동영상을 보고 있자니 지금까지의 시간과 앞으로 펼쳐질 시간이 나를 송두리째 휘감고 끌고 가는 느낌이 들었다. 이제 내 삶을 바꾸어 새로 살아 내야 한다는 신호였다. 몹시 놀랍고 불안하여 가슴이 자꾸 뛰었다. 그걸 넘어서야 했다.

센터에 돌아와 초음파 사진을 산모 수첩에 붙이고 동영상을 재생했다. 소리를 높이니 심장 뛰는 소리가 푸득푸득 새 날갯짓 소리처럼 들렸다. 내 몸속에서도 몸 밖에서도 나를 울리는 소리였다. 그 소리를 들으며 나는 수첩 첫 장을 넘겼다.

엄마 이름: 이수연

아빠 이름은, 조금 망설였지만 아빠는 아빠니까 꾹꾹 눌러썼다. 김지호. 아기 이름에서 잠시 멈췄다. 지금까지 태명을 지어 주지 않았다는 사실이 떠올랐다.

뭐라고 지어 줄까? 아기에게 줄 수 있는 이름……. 순간 여러 이름이 스쳐 지났다. 내가 좋아하는 영화 속 여주인공 이름들과 의미

있는 별칭들……. 그러면서 지금까지 아기가 내 삶을 배신하게 하는 존재라고 생각했던 순간들이 떠올랐다. 내가 우리 부모의 삶에서 재수 없는 존재였던 것처럼. 마치 한 달에 한 번 떠야 하는 보름달이 두 번이나 떠 불길하다며 두 번째 뜨는 달에 붙이는 이름 블루문처럼. 배신자 달, 재수 없는 달. 나는 내 부모에게, 아기는 나에게 그런 존재 같았다. 초대하지 않았는데 불쑥 나타나서 원하지 않는 삶으로 끌고 가는 존재 말이다. 하지만 지금부터는 블루문의 의미를 바꿔 가야 했다. 재수 없는 배신자 달이 아니라 의미를 주는 빛나는 달로.

나는 잠깐 망설이다 '달이'라고 적었다. 달이. 달이. 반복하여 말했다. 동글동글하고 달착지근한 단어가 부드럽게 흘러나오는 듯했다.

엄마. 그래, 엄마. 지금까지 내가 보려고 하지 않았던 단어가 어느새 실물이 되어 성큼 내게 다가와 있었다. 그럴수록 대학생이 되면 하려고 했던 목록들은 빠르게 사라지고 있었다. 사라진 자리에 아기 이름 짓기, 아기에게 필요한 육아 정보 알기, 정부의 도움을 어떻게 받을 수 있는지 알아보기, 지호나 아빠에게 어떻게 말할지 정리하기 등의 목록이 빠르게 채워졌다.

조금 힘들고 슬프기도 했다. 하지만 나는 바로 허리를 꼿꼿이 폈다. 한 사람의 삶을 짊어지려면 사소한 일에 칭얼대고 보채는 어린아이면 곤란했다. 내가 능력이 없다는 게 마음에 걸렸지만 무슨 수가 있더라도 해내야 했다.

『임신과 육아 365』책을 폈다. 아기는 내 생각보다 훨씬 빨리 자라고 있었다. 출산 일주일 전이면 폐나 심장 등도 완성된다. 지금이라도 진통이 오면 태아는 좁고 구부러진 산도를 빠져나오기 위해 계속해서 몸을 돌리고 자세를 바꾸며 엄청난 노력을 한다.

책을 덮었다. 커튼을 젖히니 늦가을 햇살이 한꺼번에 쏟아져 들어왔다. 눈부셨다.

"아가, 아니, 달이야! 우리 씩씩하게 잘해 보자."

나는 창가에 서서 한참 동안 햇볕을 쬐며 서 있었다. 마치 달이를 내가 온전히 받아들이는 의식처럼 여겨졌다.

달이는 담담하게, 또 안간힘을 쓰며 제 존재를 드러내려 했던 것은 아닐까? 태양 빛에 가려 보이지 않을 뿐 항상 떠 있는 달처럼, 오히려 한 달에 두 번이나 떠 제 존재를 드러내는 블루문처럼, 내몸에 의지한 채 내 몸을 끊임없이 불편하게 만들면서 말이다.

지호와 함께 본 영화 「이터널 선샤인」이 생각났다. 영화의 주인공 조엘과 클레멘타인은 기억을 없애도, 허물을 알아도 다시 사랑을 시작하기를 선택했다. 그 영화를 보면서 나는 지울 수 있다면 지우고 싶은 기억을 떠올리며 그래도 그 기억 사이에 있을 빛나는 순간을 찾아내려고 애썼다. 영화 속 인물들이 예정된 갈등을 끌어안으면서 다시 사랑을 선택하는 장면에서는 내가 사랑할 사람들에 대해 생각했다. 엄마와 아빠와 지호와 나를, 사랑이어야 하는 관계를 떠올렸다. 지금은 그 관계가 나와 달이에게로 옮겨 가는 게 느껴졌다. 그리고 그 말, 영화의 마지막에 흐르던 노래의 가사가 떠올랐다.

"Everybody's got to learn sometime(모두 언젠가는 깨닫게 되겠지)."

4부

지호와 나

좋은 관계를 위한 목록

1. **믿음**: 비밀을 나눌 수 있어야 한다.

   임신 사실을 나눌 수 없는 아빠는?

2. **개방성**: 솔직한 모습을 보여도 괜찮아야 한다.

   아기를 양육하기로 했다고 말하면 지호가 어떻게 반응할까?

3. **공통 관심사**: 서로 흥미 있는 분야에 관심을 갖는다.

   지호와 나 둘 다 영화 보기를 좋아하긴 했는데……

4. **서로에 대한 긍정성**: 지금의 나를 지지해 준다.

   나는 너의 선택을 응원할 수 있을까?

5. **인내심**: 스트레스가 쌓여도 평온하게 기다린다.

   그런데 너에게 연락이 없고 네가 내 마음 같지 않으면 화가 나.

6. **정직**: 거짓말 없이 대화를 나눈다.

   나도 그러고 싶은데……

7. **이해심**: 서로를 이해하려고 노력한다.

   내가 나를 이해 못 하는데 너를 이해할 수 있을까?

첫 만남

◇◇◇◇◇◇◇◇◇◇◇◇

이제 비로소 지호와 만나게 된 이야기를 할 수 있겠다. 달이를 입양시킨다면 지호의 모습을 남기지 않으려고 했는데, 지금은 달라졌다. 지호가 원하든 원하지 않든 지호는 달이가 크면서 언제라도 궁금해할 아빠다.

내가 지호와 가까워진 건 고등학교 2학년 봄이다. 지호를 만나기 전, 그날 나는 공원에서 맞고 있었다. 개천 옆에 있는 공원으로 강 놀이터라고 불리던 곳이었다. 낮이라면 산책하는 사람들이 있었겠지만 그때는 밤이었다. 비가 내리는 이틀 동안 보이지 않았던 달빛만이 구름에 가린 채 희미하게 공원을 비추고 있었다. 드문드문 서 있는 가로등은 어쩐 일인지 한두 개 빼고는 꺼져 있었다. 인

기척 대신 바람이 수풀을 스치는 소리만 버석거렸다.

나를 때린 사람은 혜미 패거리였다. 혜미가 내 가슴을 밀쳐서 나는 중심을 잡으려고 다리에 힘을 주었지만 바보스럽게 휘청거리며 넘어지고 있었다. 내 모습은 중학교 2학년 때 본 모습과 비슷했다. 당시 나는 맞고 있는 아이를 똑바로 볼 수 없어 비스듬히 서서 바닥만 바라봤었다.

중학교 2학년 2학기 중간고사가 끝난 주말이었다. 학교에 남아 있는 애들은 거의 없었다. 나는 화장실에서 사복으로 갈아입고 바로 영화를 보러 갈 참이었다. 내가 화장실에 들어가 문을 닫자마자 아이들 몇이 소란스럽게 몰려오는 소리가 들렸다. 옷을 갈아입고 문을 열었을 때 세 명이 한 애를 구석으로 밀치며 욕하고 있었다.

"너네 뭐 해?"

내 말에 애들이 돌아봤는데 그중 한 애가 혜미였다.

"아, 씨발. 이년이 우리 뒷담 까고 다니잖아."

서 있던 애는 옆 반 애였다. 말을 나눠 본 적은 없지만 한두 번 마주쳤던 애다. 그 애는 벽에 등을 댄 채 고개를 숙이고 서 있었다. 단발머리가 볼을 가려 표정이 잘 안 보였지만 두 손을 모으고 있는 게 겁먹은 모습이었다.

"이년 뒈졌어."

"적당히 해라. 말로 해."

내 말에 혜미는 들은 척도 안 하고 손으로 그 애 가슴을 밀쳤다.

"그러니까 네가 잘못한 거 인정한다는 말이지?"

그 애는 휘청거릴 때마다 자세를 바로잡으려 애쓰며 다급하게 말했다.

"그래, 미안해. 내가 일부러 그런 게 아닌데…… 미안해, 정말 미안해."

"미안하면 혼나야지. 안 그래? 너 한 대씩만 맞아라. 그래 봤자 세 대야."

나는 순간 무슨 말이나 행동이라도 해야 할 것 같았지만 꼼짝할 수 없었다. 순식간에 혜미 손이 그 애 얼굴로 향했다. 눈짓을 보내자 옆에 있던 친구가 손을 날렸다. 짝! 짝! 짝!

"야, 너도 한 대 때려."

나를 돌아보며 혜미가 말했다.

"됐어."

나는 재빠르게 말했다. 싸움에 끼기 싫었다. 내가 수돗물을 틀어 손 씻는 시늉을 하자 혜미는 인심 쓰듯 그 애에게 말했다.

"너 운 좋은 줄 알아라. 이걸로 용서해 주는데 한 번만 더 뒷담 까고 다니면 그땐 죽여 버릴 줄 알아."

"응……."

그 애는 고개를 돌려 눈물을 훔쳤다. 혜미는 한 손으로 그 애 어깨를 밀치고는 휙 돌아서 나갔다. 다른 아이들이 혜미 뒤를 따라갔다. 나는 어정쩡하게 서 있었다. 모른 체하려니 마음에 걸렸다.

"나가자."

그 애에게 말했지만 그 애는 꼼짝하지 않았다.

"야, 이수연, 안 나오고 뭐 해? 빨리 나와."

복도 끝에서 혜미 목소리가 들렸다. 나는 어물쩍거리다 화장실 밖으로 나왔다. 혜미는 자신이 쏘겠다며 우리를 데리고 햄버거 가게에 갔다. 혜미가 사 주는 걸 먹는 게 내키지 않았음에도 나는 햄버거를 한 입 베어 물었다. 그 순간 혜미와 공범자가 되고 말았다. 묵인하는 것. 그것은 혜미 행동을 슬며시 인정하는 꼴이었다.

학생부에 불려 간 것은 다음 날이다. 그 애 엄마가 학교에 항의했고 그 자리에 있던 아이들 모두 교무실로 불려 갔다. 일주일을 학생부에 불려 가 오전에는 벌서고 반성문 쓰기를 반복했다. 오후에는 수업을 받았지만 이미 다른 선생들이나 아이들에게 수군거림의 대상이 된 상태였다.

"쟤네가 옆 반 애 떼로 팼다며?"

"사람 겉만 봐서 모른다니까. 퇴학은 아니겠지? 세 봤자 정학이겠지?"

"글쎄, 요즘 학폭을 엄격하게 다룬다는데 어떻게 할지 모르지."

그 일은 집에도 알려져 학교에서 아빠를 호출하는 사태까지 되었다. 아빠가 함께 살던 두 번째 여자와 헤어진 것도 그즈음이다.

내가 아빠의 여자 친구를 좋아한 건 아니지만, 저주할 만큼 싫어한 것도 아니었다. 굳이 싫은 점이라면 아빠가 자기 집에까지 데리고 들어가 함께 사는 거였다. 밖에서야 얼마든지 만나도 참견할 생각이 없었다. 하지만 아빠에게 새로운 가족이 생기는 건 다른 문제다. 나한테까지 영향을 미치니까. 그걸 반대했을 뿐이다. 그런데 나 때문에 여자와 헤어졌다고 했다. 학교에서 문제아로 찍혔을 때 집에서는 아빠 인생에 방해꾼이 되어 있었다.

하나의 원인만으로 하나의 결과가 나오지 않았음에도 사람들은 내가 학생부에 끌려가 일주일 동안 지낸 것을 두고 쉽게 이유를 달아 버렸다. 내가 가정 환경이 불우한 문제아이며 일진 놀이의 가담자라는 것이다. 나 때문에 아빠가 그 여자와 헤어졌다는 것처럼 아주 명쾌하고 단순한 논리였다.

그 일 이후 혜미와 친한 사이가 아니었음에도 우리는 서로 밀접하게 연결되었다. 더구나 한 반이었다. 혜미는 쉬는 시간이면 내 책상에 와서 자신이 좋아하는 가수에 대해 장황하게 떠들어 대거나 틴트나 비비크림을 빌려 썼다. 복도를 지나갈 때 누군가 어깨를 쳐서 돌아보면 혜미였다. 나는 혜미와 엮이는 게 싫었지만 노골적으로 티 낼 수 없었다. 아이러니하게도 혜미와 친해 보이는 덕분에 나는 나를 손가락질하는 아이들도 두렵지 않았다. 나는 어정쩡하게 양다리를 걸친 것처럼 어느 쪽에도 진심으로 웃어 보이지 못했다. 그러다 학기 말이 되면서는 혜미를 아예 모른 척하며 지냈다. 가식적으로 웃어 보이는 게 견딜 수 없었던 것이다.

학년이 올라가고 반이 바뀌면서, 그 뒤 서로 다른 고등학교에 가게 되면서 그 일은 서서히 잊혔다. 그러다 다시 혜미를 만난 것이다. 그때 나는 24시간 햄버거 가게에서 휴대 전화비와 영화비 등을 마련하려고 저녁 아르바이트를 하고 있었다. 그런데 내가 함께 일하는 애에게 한 말, "혜미는 아직도 애들 때리고 다니니?"가 화근이 되었다. 그 애는 혜미 친구였다.

그 말에는 내 복잡한 심경이 담겨 있었다. 중학교 2학년 때 문제아로 찍혀 집에서나 학교에서 편견 어린 시선을 받은 억울함, 옆 반 애를 제대로 도와주지 못한 비겁함, 그리고 그 비겁함을 상대에게 비아냥대는 것으로 위장하고 싶은 마음이 담긴 말이었다. 가정 환경이 만족스럽지 못한 나나 혜미 처지에 대한 불만도 숨어 있었다.

그 말은 혜미에게 전해졌고, 나는 아르바이트가 끝나고 놀이터에 불려 나갔다.

희미하게 켜진 가로등 불빛 아래로 하루살이들이 분주했다. 불빛이 희미하게 닿는 나무들 뒤로는 어둠이 호위병처럼 겹겹이 서 있었다. 평소 같으면 어둠을 아늑하게 느꼈을 텐데. 어둠 속에서 혼자 있는 시간의 친밀감을 그때는 느낄 수 없었다. 혜미와 두 명의 다른 애들이 팔짱을 끼고 나를 보며 히죽거리는 모습을 보자 어둠도 표정을 바꾸었다. 아늑함은 으름장으로, 친밀감은 낯섦으로.

"오랜만이네."

혜미는 담배 연기를 길게 내뿜었다. 화장이 진했다.

"가게에 한번 놀러 와."

그렇게 말하면서 나는 빠져나갈 구실을 열심히 찾았다. 무슨 말인가 더 해야 할 것 같았다.

"나 궁금해했다며?"

"어? 어, 그래. 잘 지냈어?"

내 표정이나 몸짓이 어땠는지 잘 모르나 혜미는 내 말을 들으며 인상을 더 찌푸렸다. 나를 보는 혜미 눈빛이 뾰족한 송곳처럼 느껴졌다. 혜미는 피우던 담배를 바닥에 내던졌다. 꽁초는 내 발 앞에 떨어져 불씨가 반짝하더니 사그라들었다.

"보다시피 잘 지내. 어떻게 지내는지 보여 주려고."

그러더니 혜미 손이 내게로 날아왔다. 그게 시작이었다. 중학교 2학년 때와 다르게 다른 아이들도 한꺼번에 달려들었다. 순식간에 바닥에 쓰러져 등이 밟혔다.

강가에서 으스스하고 습한 바람이 공원으로 밀려오고 있었다. 내가 맞는 소리밖에 들리지 않았다. 아픈 것보다도 맞고 있는 처지가 화났지만 화낼 방법이 없었다. 한 걸음 물러나 봤지만 아이들이 달려들어 벗어날 수 없었다.

"야야, 얼굴은 조심해."

혜미 말에 한 아이가 발끝으로 내 옆구리를 걷어찼다. 한 아이는 나를 일으켜 세운 뒤 내가 버둥거리지 못하도록 내 머리채를 잡아채 비틀었다. 통증이 뼛속까지 전해졌다. 그동안 애써 머리카락을 기른 시간이 아깝다는 생각이 들었다. 이럴 줄 알았으면 짧은 머리를 하는 건데. 이 상황에 그런 생각이 든다는 게 어이없어 코웃음이 났다. 그때 한 아이의 발끝이 내 배로 날아왔다. 나는 다시 바닥으로 고꾸라졌다. 숨 쉴 적마다 온몸이 쑤셔 왔다.

"여기서는 이 정도 하자. 지하 오빠네 가서 이차 하자."

혜미가 말하자 아이 둘이 내 팔을 잡아 일으켰다.

"재밌겠는데. 아예 오빠 친구들도 불러."

다른 아이가 말했다.

"도망가지 못하게 꽉 붙들어."

오빠라니. 뉴스에서 본 온갖 못된 짓이 떠올랐다. 한 여자아이를 두고 여러 명의 남녀가 휘두를 수 있는 끔찍한 폭력들.

아이들 손에 끌려가면서 누군가 내 모습을 보고 도와주길 바랐다. 강 놀이터에서 올라와 도로를 하나 건너면서는 아무라도 보이면 소리를 지를 작정이었다. 그러나 골목은 조용했다. 4층이나 5층 정도 되는 연립 주택과 다세대 주택이 조금씩 다른 모양으로 나란히 서 있을 뿐이었다. 불빛이 새어 나오는 집은 여럿 보였으나 지극히 고요했다.

내가 휘청거릴 적마다 내 팔을 잡은 여자애는 귀에 대고 나직이 말했다.

"똑바로 걸어라."

얼마쯤 갔을 때 외벽이 회색인 연립 주택 앞에서 누군가 "다 왔다."라고 말했다. 아이들은 그 건물 지하로 나를 끌고 내려가려

했다.

나는 계단 입구에 서서 내려가지 않으려고 두 발을 바닥에 붙이고 버텼다.

"야, 야, 내려가지 못해?"

"나 좀 놔줘. 살려……."

"좋은 말 할 때 걸어라."

내가 소리를 지르려고 하자 한 명이 내 입을 거칠게 틀어막고 다른 한 명이 큰 소리로 말했다. 두 명이 계단 아래에서 내 팔을 잡아끌었다. 내가 끌려가지 않으려고 발을 버티고 주저앉자 혜미가 뒤에서 내 등을 세차게 밀었다.

"애 힘 좀 봐라. 누가 너 죽이러 가니? 편안한 데서 얘기하려는 거야."

한 애가 말했다.

그때 위층 현관문이 열리면서 한 아저씨가 소리쳤다.

"누가 한밤중에 이렇게 시끄러워! 조용히 좀 못 하니?"

아이들이 위층을 올려다봤다.

"네, 네, 죄송합니다. 별거 아니에요. 신경 쓰지 마세요."

혜미가 위층을 향해 말했다.

나를 잡은 애들 손이 느슨해졌다. 그 틈을 타 나는 재빨리 계단을 뛰어 올라갔다. 현관문을 반쯤 연 채 밖을 내다보고 있던 아저씨와 눈이 마주치자마자 그 집으로 뛰어들었다.

"아저씨, 도와주세요. 문 열어 주지 마세요."

나는 다급하게 문을 닫으며 말했다.

아저씨가 어리둥절한 표정으로 나를 보고 있었다. 방에서 내 또래 남자애가 안경을 쓰며 나왔다. 그게 지호였다. 얼굴이 낯익었다. 말을 나눠 보지 않았지만 이 주일에 한 번 하는 특별 활동 시간에 본 애였다. 하지만 나는 알은체하며 인사할 겨를도 없이 문에 딱 붙은 채 손잡이를 움켜쥐었다. 혜미가 문을 두드릴까 봐 겁이 났다.

"무슨 일이냐? 괜찮니?"

누가 봐도 괜찮은 모습은 아니었다. 머리는 엉클어지고 옷에는 군데군데 흙에서 구른 흔적이 남아 있었다. 무릎은 양쪽 모두 붉게 긁힌 데다 한쪽 무릎에는 흙과 모래까지 박혀 있었다. 나는 떨리는 몸을 진정시키느라 이를 악물었다. 입술이 부어오른 게 느껴졌다. 지하에 끌려가서 당했을 법한 일을 생각하면 몸서리가 났다. 하지만 나는 최대한 멀쩡하게 보이려고 치마에 묻은 흙을 털어 내고 손가락으로 머리카락을 빗어 넘겼다.

"조금만 있다가 갈게요. 도와주세요."

"애들은 갔나? 조용하네. 일단 들어와."

떨리는 몸을 진정하고 싶었지만 잘 안 되었다.

"들어오라니까. 괜찮아. 문은 잠글게."

지호가 나를 잡아끌더니 재빠르게 문을 걸었다.

"신고해 줄까?"

아저씨가 물었다.

"아뇨, 신고는 안 해도 돼요."

"맞은 거 같은데 병원 안 가 봐도 되겠어?"

"네, 괜찮아요."

일을 복잡하게 만드는 것도, 그 애들을 응징하거나 벌주는 것도 싫었다. 내가 못된 짓을 하고 다닌 것은 아니지만 나는 은연중에 소위 날라리라고 하는 아이들에게 어느 정도의 동류의식을 갖고 있었다. 그들의 행동에 동의하진 않아도 불쌍하게 여기는 부분이 있었는데, 곰곰이 생각해 보면 그것은 나에 대한 연민이기도 했다.

사람들은 약해 보이는 사람에게 더 공격적이라는 말을 나는 수긍하는 편이었고, 성적이 나쁘고 친구 관계를 제대로 맺지 못한 애들이 공격의 대상이 되거나 공격하는 사람이 되기 쉽다는 것도 이미 경험한 터였다. 나는 영어는 잘했지만 나머지 성적은 어중간했고 비밀을 나눌 친구도 은지밖에 없었다. 부모가 아니라 할머니와 둘이 산다는 사실은 여러 가지를 의미했다. 내가 약해 보였을 것은 뻔했다.

물론 그런 이유로 맞는 게 당연한 것은 아니지만 혜미도 나처럼 사는 데 불만이 많은 아이며 그 불만을 해결할 방법이 별로 없다는 것을 잘 알고 있었다. 중학교 때 혜미가 내게 자기 방식으로 호의를 보여 주었고 나는 그것을 외면했다는 마음의 빚도 남아 있었다.

"어디서 이렇게 맞은 거야? 아휴, 요즘 애들 무서워서 원."

"개천가 놀이터에서요."

나는 겨우 대답했다.

"강 놀이터?"

지호가 나를 보며 물었다. 내가 고개를 끄덕이자 지호는 알 만하다는 표정이었다.

"거기 좀 앉아. 이곳저곳 깨졌네."

지호는 소파를 가리키고는 방으로 들어가 하얀색 플라스틱 약통을 들고 나왔다. 나를 보더니 연고와 밴드를 꺼내 내밀었다. 내가 무릎에 연고를 대충 바르고 지호에게 돌려주자 지호는 연고를 중지에 짜 내 얼굴로 손을 뻗쳤다. 나는 뒤로 주춤거렸다.

"여기도 상처 났어."

지호는 내 왼쪽 뺨 아랫부분에 연고를 문질렀다.

"집이 어디니?"

아저씨가 물을 한 잔 건네며 물었다.

"소방서 근처예요."

"다행히 가깝구나. 부모님이나 누가 데리러 오라고 해야지? 혼자는 위험할 것 같은데."

"아, 그게…… 부모님은 지금 집에 안 계시고……."

아빠는 어제 지방에 내려갔다가 내일 온다고 했다. 벚꽃놀이를 하는 어르신들을 태우고 남해를 돌고 있을 거였다. 할머니도 친척

의 집안 행사에 들른다고 아랫녘에 간 상태였다. 한 달쯤 지나 폐
암 진단을 받았으니 할머니에게는 마지막 외출이었던 셈이다.

"휴대 전화를 잃어버린 것 같아요."

아마도 놀이터에서 넘어지고 구를 때 빠진 모양이었다.

"지호야, 네가 집까지 데려다줘. 밤길이고 또 무슨 일 생기면 안
되니까."

"그러지 뭐."

지호는 대수롭지 않게 대답하고는 겉옷을 들고 일어섰다.

지호를 따라 거리로 나왔을 때 혹시라도 혜미 패거리가 골목에
라도 숨어 나를 기다릴까 봐 조마조마했다. 내가 혜미에게 빚진 마
음이 있다고 해도 맞는 게 좋을 리 없었다. 여럿이 몰려다니면 없
던 힘도 발휘되는 게 아이들 속성이었다.

"걱정 마. 나랑 같이 있으니까 어떻게 못 할 거야."

지호는 주먹을 허공에 뻗어 보였다.

"근데 너 영화 감상반 맞지? 문과?"

"응."

"너도 다른 거 신청했는데 잘려서 영화반 하는 거야?"

"아니."

"1지망이었어? 난 수학 탐구반 가려고 했는데 늦게 신청해서 잘
렸잖아. 영화반이 미달이라 어쩔 수 없이 간 거지. 난 1반이야. 이

과. 넌?"

"4반."

아이들 생각에 영화 감상반은 시험에도 입시에도 도움이 안 되는 반이었다. 담당 선생도 이 반에 큰 의미를 두지 않는지, 아니면 학생들을 최대한 편하게 해 주고 싶은지 영화를 틀어 주는 게 다였다. 그 때문인지 영화를 보는 애들보다 책상에 엎드려 자는 애들이 많았다. 하지만 나는 영화가 좋아 신청한 터였다.

내가 말이 없자 지호가 물었다.

"근데 왜 맞은 거야?"

"때리니까 맞았지."

내 말에 지호는 어이없다는 듯 웃었다.

"아는 애들이야?"

"응. 한 애가 중학교 동창. 나머지는 처음 본 애들이고."

"너도 좀 때리지 그랬어."

그 말을 해 놓고 지호는 내 눈치를 살폈다.

"그러게."

내가 시큰둥하게 대꾸했다.

"전에도 맞았어?"

"아니."

나는 내가 자주 맞고 다닐 정도로 형편없어 보이나 싶어 자존심이 상했다.

"생각보다 괜찮아 보이는데?"

"괜찮지 않으면 어쩌겠어."

온몸이 시큰거렸지만 어디가 부러지지는 않은 모양이었다. 나는 두 팔을 둥글게 천천히 돌려 보았다. 오른쪽 어깨 부근이 뻐근했지만 이를 악물고 꾹 참았다.

이런 일로 자기 연민에 빠져 고통에 굴복할 생각은 없었다. 자기 연민은 어려서부터 지금까지 줄곧 나를 유혹하는 감정이었지만 그건 나를 점점 더 작아지게 하고 바닥으로 끌어 내릴 뿐 위로가 되지 않았다. 감정에 억눌려 아예 바닥으로 꺼지기는 싫었다.

"병원 가 봐야 하는 거 아냐?"

"멍이나 들겠지."

"앞으로 어떻게 할 거야?"

"뭘?"

"아까 걔네들이 너 계속 괴롭힐지 모르잖아."

"피해 다니든지 해야지."

"무섭지 않아?"

"몰려다니면 무섭긴 하지."

"그럼 너도 몰려다녀."

"그런 거 딱 질색이야."

"집에 얘기해. 학교에 얘기하든지."

"응."

나는 잠자코 걸었다. 내가 말이 없자 지호는 자기 얘기를 하기 시작했다. 이 동네에는 이 년 전에 이사 왔고 그 전에는 지방에서 살았다고 했다. 아빠가 서울로 발령을 받자 지호만 따라왔다는 것이다. 지호는 전학 오는 것이 썩 내키지 않았지만 지방보다는 서울 학교가 대학 진학하기에 더 좋을 거라는 부모의 설득에 떠밀려 왔다고 했다. 자녀 교육에 신경 써 주는 부모가 있다니, 지호 얘기를 들으니 나 자신이 초라하게 느껴졌다. 하지만 난 신경 쓰지 않는 척했다. 비애감이 들 때마다 아무렇지도 않은 척하는 데 익숙했다.

"근데 그건 핑계고 엄마와 아빠 사이에 문제가 생긴 것 같아."

"사이좋은 부모가 요즘 어디 있니? 일반적인 사연이지."

"그런 거야? 난 조금 심각한데."

"흠, 기운 내라."

내 말에 지호는 피식 웃었다.

"지금 네가 날 위로할 처지는 아닌 것 같은데?"

"부모 문제에 있어서는 내가 먼저야. 누나라고."

"뭔 말이야?"

"그런 게 있어."

"잠깐만."

지호가 셔터 문을 닫으려는 약국으로 뛰어가더니 무언가를 사 들고 왔다.

"이거 먹고 자. 근육통 약. 나 예전에 태권도할 때 툭하면 다치거나 맞았는데 이 약 먹으면 괜찮았거든. 너도 시간 지날수록 몸 더 쑤시고 아플 거야.”

“그래…… 고마워.”

태연한 척해도 내가 겪은 일이 창피했기 때문에 지호가 나를 스스럼없이 대하는 게 마음에 들었다.

“그런데 이번 주 특별 활동 시간에 무슨 영화 본다고 했지?”

“「빅 피시」? 그거 본다고 한 거 같은데. 왜?”

“아니, 그냥. 시험 기간 얼마 안 남아서.”

“영화 안 좋아해?”

“그건 아닌데 시험이 중요하니까.”

“「빅 피시」 엄청 재미있어. 한 아빠의 무용담인데, 거짓말과 진실의 경계가 무의미해지는 영화랄까? 난 감동한 영화야.”

어느새 말이 많아지고 있었다. 내 삶에 대해서는 하고 싶은 얘기가 별로 없었지만 영화에 관해서는 많았다.

“오! 평이 그럴듯한데.”

지호는 나를 다시 봤다는 듯 두 눈을 크게 뜨는 시늉을 했다.

“지난번에 본 「중경삼림」도 좋았는데.”

“아하, 그런 영화 좋아하는구나.”

“그런?”

“응. 뭐랄까…… 옛날 영화. 난 지루해서 보다가 잤는데.”

“그런가. 요즘 영화도 좋아하는데……. 그리고 보니 옛날 영화를 더 많이 보는 것 같네."

"「중경삼림」에 나오는 노래 많이 들어 보긴 했어. 옛날 노래. 캘리포니아 드리밍 온 서치 어 윈터스 데이…… 흥흥……."

지호가 멜로디를 흥얼거렸다.

"근데…… 오늘 일……."

내가 걸음을 멈추고 말하자마자 지호가 흥얼거림을 그쳤다.

"비밀로 할게."

지호는 걱정할 것 없다는 듯 오른손 검지를 들더니 제 입을 잠그는 시늉을 했다. 그게 우리의 첫 번째 비밀이었다.

집 앞에서 나는 지호에게 오른손을 내밀었다. 지호는 내 손을 내려다보더니 싱긋 웃으며 잡았다.

"덕분에 잘 왔어."

내 손이 차가웠기 때문에 지호 손이 더 따뜻하게 느껴졌다.

나는 지호가 손 흔드는 것을 확인하고 돌아섰다. 집에 들어가서 잠시 어둠 속에 서 있었다. 집 안은 고요했다. 긴장이 쑥 빠져나가는 게 느껴졌다. 그 대신 심장이 빠르게 뛰었다. 나는 현관에 주저앉아 조금 울었다.

둘만의 비밀

◇◇◇◇◇◇◇◇◇◇◇◇◇◇◇◇◇◇◇◇

"몸은 괜찮아? 학교도 갔나 보네."

지호가 집 앞에서 기다리고 있었다.

"갔지. 알바도 하고 오는 길인데."

"대단하다. 너의 정신력."

지호는 엄지손가락을 치켜 보였다.

"어쩐 일이야?"

내심 반가웠지만 퉁명스럽게 말했다. 엊저녁의 내 몰골이 떠올랐다.

"어제 집에 가는 길에 놀이터 들러 봤거든. 그네 아래에 떨어져 있더라. 모래밭에 떨어져서 그런지 생각보다 멀쩡한데? 네 것 맞지?"

지호 손에는 내 휴대 전화가 들려 있었다. 액정 오른쪽 귀퉁이가 조금 깨져 있었다.

"어, 다행이다. 고마워. 놀이터 가 볼까 하다가…… 포기하고 있었어."

휴대 전화를 켜 보려고 했지만 켜지지 않았다.

"망가져서 안 켜지는 건 아니겠지?"

"충전시켜 봐. 조금 깨진 것 말고는 멀쩡해 보이는데? 너랑 비슷하네."

내가 눈을 흘기자 지호는 씩 웃었다.

지호가 고개를 숙였을 때 얼굴을 슬쩍 훔쳐보았다. 아무 의심 없이 나를 도와주는 얼굴. 나와 다르게 구김살 없어 보이는 성격. 부드럽게 흘러내린 앞 머리카락과 곧은 콧날에 가로등 빛이 밝게 스쳤다. 영화를 나만큼 좋아하지 않는 것만 빼면 완벽해 보였다.

그날 밤 나는 침대에 누워 놀란 표정으로 나를 바라보던 지호의 눈동자와 휴대 전화를 내밀던 마르고 긴 손가락을 떠올렸다. 지호와 나눈 대화를 반복해서 되뇌었다. "멀쩡해 보인다."라고 했던가, 아니면 "괜찮아 보인다."라고 했던가. 이불 속에서 몸을 뒤척이며 천장을 바라봤다. 지호가 건넨 전화번호를 다시 확인했다. 연락해 볼까 하다가 그만두었다. 고개를 절레절레했다. 이미 추레한 모습을 너무 많이 보였다. 어차피 특별 활동 시간에 보게 될 테지. 그런 생각을 하며 눈을 감았다.

그날 이후 나는 특별 활동 시간에 온전히 영화 감상만 할 수가 없었다. 지호가 어느 자리에 앉는지 신경을 쓰며 자리에 앉았다. 영화가 시작되면 지호가 어떤 느낌으로 영화를 볼지 생각했다. 영화를 보고 난 뒤에는 지호와 자연스럽게 영화 얘기를 나눴다.

지호는 나와 다르게 잘 웃고 장난도 잘 치는 아이였다. 부모 사이가 나쁘다고 했지만 지호네 부모는 따로 살아도 지호에 관한 일은 서로 의논하고 가족 행사도 자주 했다. 그게 위선일지라도 지호에 대한 배려가 깔렸다고 여겨졌다. 진짜로 사이 나쁜 부모는 자녀를 배려하지 않는다. 자신의 감정이나 생각을 우선하여 자녀가 어떤 상처를 받든지 개의치 않는다. 자녀가 감정을 가진 존재라는 것을 아예 잊기도 한다. 그에 비하면 지호네는 무난한 가정이었다. 우리 집은 평균 이하였고.

지호는 자주 나를 보고 활짝 웃었다. 눈만 마주쳐도 웃음이 나는 것처럼 보였다. 그게 신기해서 어느 날 "내가 좋아?"라고 물었다. 지호는 무표정한 내 얼굴을 보면 속을 알 수 없다며 그게 매력이라고 치켜세웠다. 무표정한 얼굴 덕분에 칭찬받기는 처음이었다. 엄마나 이모는 흉보던 표정이었다.

지호가 나를 빤히 바라볼 때마다 나는 쑥스러워 "난 눈을 보면 마음 맞힐 수 있다?" 하며 장난쳤다. 지호는 나와 눈을 마주친 지 얼마 안 돼 순식간에 얼굴이 발갛게 달아올랐기 때문에 나는 웃음이 터지곤 했다. 내 웃음에 "왜 웃어?"라며 정색하는 지호에게 나는 "네가 웃긴 생각 했잖아." 하며 시치미를 뗐다. 분명 얼굴 발개질 만한 상상을 했을 거였다.

지호는 학교 수업이 끝나거나 학원을 마치고 집에 가는 길에 나를 만나러 오곤 했다. 가끔 내가 일하는 매장에 손님으로 들어와 햄버거를 주문하기도 했다. 어느 날은 매장 밖에서 나를 기다렸다.

"너무 자주 오는 거 아냐? 공부해야지."

지호가 반가웠지만 지호를 생각하는 시간이 많아질수록 알 수 없는 두려움도 커지고 있었다. 그 감정들 때문에 지호를 살갑게만 대할 수 없었다.

"공부하고 왔지. 너야말로 공부 안 하고."

"이번 주까지만 일하려고."

용돈뿐만 아니라 대학에 가는 것도 내겐 중요했다. 좀 더 나은 일을 하고, 아빠 집을 벗어나기 위해. 그리고 지호를 계속 만나기 위해.

독립한다는 건 단순히 집을 나오는 게 아니라 많은 것을 혼자 해내야 한다는 의미다. 어떤 관계에도 휘둘리지 않도록 힘을 길러야 한다. 그게 내 생각이었다.

"아빠가 용돈 안 줘? 일하신다며."

"학비만 간신히."

삼 년 전부터 아빠에게 빚 독촉장이 날아오고 있었다. 독촉장을 들고 아빠가 한숨을 크게 내쉬는 걸 몇 번 본 뒤로 나는 용돈을 못 받아도 불평을 늘어놓지 않았다.

"대학은 가야지. 가고 싶어."

"그래, 꼭 같이 가자. 같은 학교 다니면 정말 재미있을 거야."

지호는 나보다 앞서 걸으며 나를 돌아봤다.

"같은 학교 들어가려면 나 진짜 더 열심히 해야겠다."

내 말에 지호는 내 손을 잡았다.

"지난번 모의고사 어땠어?"

"영어는 괜찮은데 수학이 젬병. 나머지는 쏘쏘."

"영어는 항상 잘 나오나 봐."

"그냥 어려서부터 영어는 잘하고 싶었어. 영어를 잘해야 외국도 나가지."

"나랑 같이 나가자, 응? 어디로 갈까?"

당장 다음 주에라도 비행기 표를 구해 나갈 것처럼 지호가 말했다. 그 순간 나는 갑갑한 현실에서 벗어나 자유롭고 풍요로운 먼 세계로 떠나는 상상을 했다. 그곳은 여기와는 비교도 안 될 정도로 좋을 테지. 자식을 놓고 갈 정도로.

내가 말이 없자 지호는 잡은 손을 세게 흔들었다.

"수학 어려우면 내가 가르쳐 줄까?"

"싫어."

"뭐 어때? 나 수학 좀 하는 편이야."

"알아서 할게. 신세 지기 싫어."

"내가 숙제 내주고 네가 문제 풀어 오고. 그러다 모르는 문제 내가 설명해 주고, 그렇게 하면 될 것 같은데."

"그럼 과외비는 얼마면 되겠니?"

내가 장난스럽게 대꾸했다.

"물론 많이 받아야 하지만 너니까…… 그냥 봐줄게."

지호도 장난스럽게 대꾸했다.

"공짜라 찝찝해서 안 되겠다."

"아니, 그러지 말고. 그래, 좋아. 밥 사 주는 걸로 하자. 괜찮지?"

지호가 팔꿈치로 내 팔을 툭 치며 짓궂게 웃었다.

과외받을 생각은 없었지만, 지호의 말이 신경 쓰였다. 부정하려 해도 어느새 나는 지호의 삶에 들어가 살고 있었다. 지호가 무슨 생각을 하는지, 이불을 뒤집어쓰고 나를 떠올리는지, 학원을 빼먹고 나를 만나러 오지는 않는지 모든 게 궁금했다. 음악을 듣거나 영화를 보다가도 어느새 지호와 내가 주인공이 되기 일쑤였다. 그런데도 나는 무관심한 척했다. 지호가 나를 솔직하게 대하는 것처럼 나도 숨김없이 터놓고 싶었지만 내 감정을 드러내기가 어쩐지 어색했다. 감정이 복잡해질 때마다 오히려 퉁명스럽게 대했다.

우리는 여느 때처럼 강 놀이터까지 걸었고 놀이터에 도착하자 그네에 앉았다.

"역사가 깊은 곳이네."

지호 말에 내가 웃었다. 여기서 혜미에게 맞지 않았더라면, 지호가 사는 연립 주택까지 끌려가지 않았더라면, 지호와 사귈 일은 없었을 거였다.

"근데 이쪽에서 맞았다고? 이렇게 이렇게? 이거「매트릭스」같지 않아?"

지호는 누군가에게 맞아 휘청이는 것처럼 허리를 뒤로 젖히고 두 팔을 느리게 휘적거렸다.

"그만해라. 놀리는 것도 한두 번이지. 내가 말을 안 해서 그렇지 엄청 무섭고 아팠다고."

"하긴 그날 너 엉망이긴 했어. 근데 생각보다 멀쩡하게 왔다 갔다 해서 좀 놀랐지."

"다리라도 절어야 했나?"

내 말에 지호는 다리를 질질 끌며 걷는 시늉을 했다. 나는 웃기지 않았지만 미소 지었다. 나를 웃기려고 그런 행동을 한 지호의 마음에 보내는 미소였다.

"그 뒤로 걔네들 본 적 없지?"

"응. 지방 어디 갔다는 얘기 들었는데…… 관심 없어."

"그러고 보면 너 겁 되게 없는 거야."

"네가 많은 거지."

나는 그네에 앉아 모래를 발끝으로 툭 치며 말했다. 지호는 옆 그네에 몸을 실었다.

"학교 어때?"

"그저 그렇지 뭐. 지난주에 담임이 나 부르더니 자습서 주더라."

"담임이? 오! 괜찮은데. 신경 써 주네."

"난 그저 그래. 꼭 그 노래 같아."

"무슨?"

"당신은 사랑받기 위해 태어난 사람. 그 노래 싫어."

지호는 내 말에 노래를 흥얼거렸다.

"왜? 가사 좋잖아."

"뭐가 좋아? 진짜로 사랑받기 위해 태어났으면 그런 노래 할 필요도 없는 거지. 사랑받기 위해 태어나지 않았기 때문에 위로해 주려는 거잖아."

"그럼 가사를 바꿔 버려."

"어떻게?"

"당신은 사랑하기 위해 태어난 사람으로."

"그게 훨씬 낫다. 사랑 못 받고 있는데 억지로 사랑받기 위해 태어났다고 우기는 것보다야."

"왜 사랑을 못 받아. 내가 해 주잖아."

지호는 벌떡 일어나더니 내 등을 밀기 시작했다.

"이만큼이나 해 주는데."

지호의 가늘고 긴 손이 내 등에 닿을 적마다 나는 웃음이 터져 나왔다. 그네는 포물선을 그리며 공중으로 나를 올렸다가 다시 지호 가까이로 데려다 놓았다.

"뻥치지 마."

내 말에 지호는 더 세게 밀었다.

"뻥 아닌데."

"인제 그만. 내릴래."

지호는 내 말에 아랑곳하지 않고 더 세게 밀었다.

"뻥이네."

"아닌데."

"뻥 맞잖아."

지호가 내 등을 밀지 않자 그네는 서서히 멈추었다.

"삐졌어?"

나는 조금씩 흔들림이 잦아들고 있는 그네에 앉아 지호를 바라보며 물었다. 지호는 생각에 잠긴 것 같았다. 내가 발끝으로 모래를 툭 쳐 내며 미소 지었을 때 지호 얼굴이 내게 다가왔다. 지호와 나의 첫 입맞춤이었다.

입맞춤은 가끔 상상했던 거였다. 부드럽지만 강한 전율이 온몸으로 순식간에 퍼졌다. 모든 풍경이 지워지고 우리 둘만 남겨진 것 같았다. 푸릇한 바람이 물결처럼 우리 뺨을 살짝 건드리고 지나갔다.

그 뒤로 지호와 만날 적마다 입맞춤했다. 놀이터나 골목, 때로는 늦은 저녁에 횡단보도에서 신호를 기다리다 불현듯. 그때마다 서로 비슷한 감정을 느꼈다. 좋고 불안하고 걱정되고, 그래서 조심스러운……. 지호가 입맞춤 외의 스킨십을 자제하고 있는 것도 알 수 있었다.

첫 입맞춤 이후 지호와 나는 각자 교실에서 공부할 때도, 특별 활동 시간에 함께 영화를 볼 때도, 수업이 끝나고 서로를 만나러 걸어가는 길에도 좋아서 조바심이 났다. 그 조바심은 슬쩍 봄볕이 얹히는가 싶다가 싸늘한 겨울 공기에 섞이기도 했다. 슬그머니 왔다가 쏜살같이 사라지는 가을의 정취같이 들떠 있었다. 모든 것이 은밀하지만 갑자기 찾아왔다.

어느덧 우리가 사귄 지 열 달이 지나고 있었다. 지호는 주말에 스파게티를 해 주겠다는 단서를 덧붙이며 집에 놀러 오라고 졸랐다. 아버지가 엄마를 만나러 지방에 갔다고 했다. 2월이었고 올해 들어 가장 추운 날이었다.

"은지랑 밤늦게까지 도서관에 있기로 했는데. 이제 고 3 되잖아."

"그럼 공부 조금 일찍 끝내고 은지랑 같이 와. 알겠지?"

하지만 그날 지호 집에는 나 혼자 갔다. 중국에서 은지네 부모님이 며칠 다니러 나오셨기 때문에 은지는 가족과 시간을 보내야 했다. 은지네 부모님이 중국으로 출국하기 전까지는 나도 당분간 아빠 집에서 지내야 했다.

그날 나는 지호와 저녁을 먹고 영화를 한 편 보고 아빠가 잠들

때쯤 들어갈 작정이었다. 하지만 그날 지호네서 잠을 잤다. 작정하고 간 것은 아니지만 그렇게 됐다.

우리는 스파게티를 먹고 소파에 앉아서 텔레비전을 보고 있었다. 내가 채널을 돌리다가 멈췄는데, 프로그램에 끌려서가 아니라 지호가 내게 가까이 다가와서였다. 지호가 내 손을 잡았을 때 내게 키스 이상의 무엇이 기다리고 있다는 예감이 들었다.

"너무 가까이 앉은 거 아냐?"

"뭐가?"

지호는 아예 내 허리를 껴안고 내 볼에 입술을 갖다 댔다. 방이 갑자기 더워진 것 같았다. 얼굴이 화끈거리고 심장 소리가 들릴 정도로 뛰기 시작했다. 리모컨을 잡고 있는 손에 땀이 배어 나왔다.

"간지러워. 티브이 보자."

"재미있는 거 안 나오잖아. 너 보는 게 더 좋아."

"너무 작업 멘트 아냐?"

나는 웃으며 내게 얼굴을 바짝 갖다 댄 지호를 떠밀었다. 그게 신호는 아니었지만 우리는 어느새 소파에 겹쳐 누워 있었다. 둘 다 처음이었지만 자주 상상해 보던 장면. 그것을 오늘 겪게 될 거란 짐작이 됐다. 지호가 내 윗옷을 벗길 때 피임을 해야 한다는 생각이 설핏 지나갔지만 순식간에 잊어버렸다. 지호의 손이 내 바지를 끌어 내릴 때는 긴장한 탓인지 현기증이 나 소파에서 떨어지기까지 했다. 처음이라 우리는 허둥댔고, 서로의 몸을 보고 놀라고 자기 몸을 부끄러워하느라 정신이 없었다. 2월의 밤은 빨리 왔고 추운 법이어서 우리는 알몸을 맞대고 있었다. 마치 애초에 붙어 있던 몸인 양 떨어지지 않았다. 그날 우리는 서툴게 처음, 했다.

그리고 나서 우리는 밤새 비밀 얘기를 나누었다.

"내가 더 잘해 줄게."

새벽녘에 지호가 내 허리를 끌어당기며 말했다. 창문을 스치고 지나가는 바람 소리가 우리를 더 가깝게 만들었다. 우리는 서로 피부를 맞닿은 채, 빠르게 흘러가는 밤에 몸과 마음을 맡기고 있었다.

"자?"

"아니."

가끔씩 한밤중에 깨면 약속한 것도 아닌데 서로를 깨웠다. 아무도 모르게 발가벗은 채 이불 속에서 속삭이는 것. 우리 둘만 할 수 있고 서로를 완벽하게 독점한다는 점에서 더없이 좋았다.

"무슨 생각 해?"

"네 생각."

묻다가 잠이 들었다.

"자?"

"응."

눈을 떴을 때는 일요일 아침이었다. 우리는 이불에서 나올 생각을 안 하고 있었다.

"아침 해 줄게."

지호가 내 허리를 끌어안으며 말했다.

"아침 안 먹어도 돼. 그냥 이러고 있자."

나는 이불을 끌어당기며 말했다.

"우리 어제……."

"좋았지?"

그렇게 말하긴 했지만 아침이 되자 저지르지 말아야 할 일을 저질렀다는 두려운 감정이 밀려왔다. 이제 어떡하지? 하는 생각. 벗은 몸도, 둘의 관계도.

"우리 결혼하자."

"그래, 결혼하자."

"대학도 꼭 같이 다니자."

"그래, 꼭 같이 다니자."

지호 말에 두려운 감정은 조금씩 설렘으로 바뀌고 있었다.

"서로 다른 학교에 가면 상대 학교에 놀러 가자."

"그래, 좋아. 바다도 같이 가자."

"바다? 왜 바다야?"

"어릴 때 가 보고 못 가 봤어. 어릴 때는 파도치는 게 무서워서 바닷물에 못 들어갔는데."

사이 안 좋은 가족 말고 너무 좋아서 어쩔 줄 모르는 이와 함께 보는 바다는 분명 다를 거였다. 파도가 밀려와도 바닷물에 들어가는 것쯤이야 문제없겠지.

"그래, 바다도 가자."

"바다에 가서 해가 지는 것도 보고 해가 뜨는 것도 보자. 해변에서 맨발로 뛰어다니고……."

"그럼 내가 너 잡아?"

그 말에 우리는 깔깔대고 웃었다. 상상만으로도 웃음을 참을 수 없을 정도로 유치하고 행복한 장면이었다.

"대학 가서 맘 변하면?"

"먼저 변하는 사람이 꿀밤 맞기."

"그런 게 어디 있어? 맘 변하면 끝이지."

"그럼 안 변하기로 약속."

"그래, 약속."

우리는 할 수 있는 모든 진심과 약속을 쏟아 냈다. 어떤 말이든 가능한 때였다.

그날 아침, 나는 깍지 낀 지호 손가락을 만지작거리며 지호와 결혼하여 한집에 사는 상상을 했다. 마치 마음만 먹으면 언제든지 가능한 일이고 곧 그렇게 될 것처럼.

그날 이후 우리는 달콤한 환상에 빠져서 서로를 바라봤다. 눈빛만 마주쳐도 간지러웠다. 우리가 같이 잠을 잔 건 둘만의 비밀이었고 그 비밀은 지호와 나 사이의 틈새를 단단하게 메웠다.

우리는 이어폰을 나눠 끼고 음악을 들으며 걸었고 시험이 끝나면 함께 영화를 봤다. 공원에 놀러 가 2인용 자전거를 함께 탔다.

내가 자전거를 탈 줄 몰라도 지호가 페달을 밟으면 자전거는 끄떡없이 달려 나갔다. 공원 끝에는 갈대숲이 우거졌는데 그 중간쯤에 있는 나무 의자는 어떤 것을 하기에도 멋진 은신처였다. 모기나 하루살이가 날아다니기는 했지만 종종 그곳에서 우리는 세상과 완벽하게 고립된 채 있었다. 때론 완벽에 가까운 일체감을 느끼는 순간도 있었다. 공원 나무에 '지호♡수연'을 새겨 넣기도 했다. 나무에 그런 짓을 하면 안 된다는 것을 알고 있었지만 지호와 함께라면 뭐든지 할 수 있을 것 같았다. 나쁜 짓조차도.

최소한 임신 사실을 알기 전까지는 그랬다.

멀고 낯설고 그리운 이름

"언니, 뭐 해?"

해영이였다.

도서실은 작은 방 크기였는데 가운데에 직사각형 책상 하나와 책상을 둘러싼 의자 여섯 개가 놓여 있었다. 벽에 디귿 자 모양으로 붙어 있는 책꽂이에는 기증받은 책들이 꽂혀 있었다. 임신과 출산에 관한 책이 많았다.

"수능 기출문제 풀고 있어."

"그 몸으로 시험 보려고?"

"찍기라도 하려고. 안 볼까 했는데…… 지금까지 공부한 거 아까워서. 며칠 안 남았어."

문제를 풀다가 허리를 펴 앉았다.

"대단하다. 대학 가려고?"

"갈 수 있다면 가고 싶지만……. 갈 수 없다고 생각하니까 더 가고 싶어. 대학 가는 것 말고 지금까지 다른 걸 생각해 보지 않았다는 걸 알았어. 당장 포기하려니까…… 잘 안 되네. 당장 못 가더라도 그냥 한번 봐 보려고."

해영이는 만화책 서너 권을 꺼내 들고 맞은편 자리에 앉았다.

"난 오빠 먼저 검정고시 보게 하고……."

"너도 같이 해. 검정고시."

"공부할 생각하면 골치 아파. 시험이라면 질색이야. 그래도 사랑이 생각해서라도 검정고시는 봐야 할 거 같아."

"나도 다 틀렸지만 약속한 것도 있고."

"무슨 약속?"

"남친이랑 대학 같이 다니기로 한 거."

지킬 수 없는 약속이 돼 버렸는데 내가 왜 이러고 있는지. 나는 시큰둥한 기분이 들어 손에 쥐고 있던 연필을 책상에 내려놓았다. 지호는 공부가 잘되고 있을까? 지방으로 내려간 뒤 공부만 신경 쓰기로 작정했는지 연락이 없었다. 몇 번 카톡을 보내 봤지만 단답형의 답이 두어 번 오고는 그만이었다.

"힘들겠다. 아기 낳고 보면 더 나을 텐데."

"차라리 지금이 나아. 아기 낳으면 혼자 다닐 수가 없잖아. 수능

다음 날부터 기말고사야. 시험은 봐야 졸업도 돼서. 넌 예정일이
언제지?"

"모레. 언니는?"

"열흘 정도 남았는데 어떻게 될지 모르지. 설마 시험 볼 때 나오
지는 않겠지."

"초산은 좀 늦는다고 하더라."

"넌 신호 없어?"

"화장실은 더 자주 가는 거 같아. 아기가 아래로 내려와서 그런
가? 아까는 피가 섞인 끈적끈적한 이슬이 비쳤어. 진통은 없는데
병원 가야 하나?"

"사무실 올라가서 물어봐."

"사무실 분위기 안 좋잖아. 진통 오면 말하라고 했으니까 그때
말하지 뭐."

지난 새벽에 죽으려고 한 어린 임신부가 병원에 실려 갔는데 문
제가 심각한 모양이었다. 오전에 사무실에 가 보니 사회 복지사 한
명만 앉아 전화 통화를 하고 있었다.

"출산에 대한 책 있는데……."

나는 책꽂이를 둘러보다가 중간쯤 칸에서 책을 잡아 뺐다. 손가
락으로 목차를 훑었다.

"여기 있다. 출산 과정 미리 보기. 78쪽. '이슬이란 자궁 경관을
막고 있는 끈적거리는 점액이 몸 밖으로 나오는 것이다. 이 점액은

임신 기간 질 안의 박테리아로부터 자궁을 보호하는 역할을 하다가⋯⋯' 이거 너 증상이랑 똑같지? 이 말대로라면 이제 진통이 올 차례네."

해영이 얼굴에 발그레하게 열이 떠올랐다. 누군가를 긴장하며 기다리는 모습, 불안하게 떠는 모습 사이로 설렘이 설핏 스쳤다.

조금 더 읽어 보니 출산 과정이 그림과 함께 자세히 적혀 있었다. 나는 배를 쓰다듬었다. 내게도 곧 닥칠 일이었다. '자연 분만의 단계를 알아보아요'라는 소제목 아래에는 분만 1단계부터 3단계까지 설명되어 있었다.

태아의 머리는 커 보였지만 자궁 경부와 질을 지나 세상으로 나왔다. 보통 태아의 머리는 지름 10센티미터가 넘어, 태아가 골반을 통과해 바깥으로 나올 때 회음부는 엄청난 압력을 받는다. 질 주위의 피부가 찢겨 여기저기 상처가 날 수도 있다. 그래서 태아의 머리가 나오기 시작하는 배출기나 산출기에는 미리 회음부를 절개하여 통증을 줄이고 분만을 돕는다고 했다.

아기를 낳고 퇴원한 산모들은 종종 자신의 경험담을 풀어놓았다. 같은 이야기 같아도 사람마다 조금씩 달랐고 다른가 싶으면 또 비슷하기도 했다. 아팠다, 낳을 만했다, 죽지는 않는다, 기절했다, 죽어 버리겠다는 결심으로 힘주면 아기가 나온다, 아파서 짜증 내다 보니 나왔다, 저절로 힘이 생겼다, 화장실 가고 싶은 통증이었다, 하마터면 화장실서 애 낳을 뻔했다, 욕 나온다, 애 아빠가 보고 싶더라, 애 낳는 게 얼마나 아픈지 아래를 절개하는 줄도 몰랐다, 다시는 안 낳는다, 출산할 때 엄마보다도 아기가 고통을 더 느낀다고 하니 아기 고통 줄이겠다는 마음으로 최선을 다하면 된다 등의 말이었다.

그런 이야기를 할 때만큼은 평소 말이 없거나 주눅 들어 있던 산모조차 신나서 말했다. 자기가 해냈다는 자부심이 드는 모양이었다.

나는 10센티미터가 이만큼쯤 될까 하고 손가락을 펴 보았다. 내 성기 길이 전체도 10센티미터가 안 될 것 같았다.

"과연 아기가 나올 수 있을까? 이것 좀 봐 봐, 아기 머리가 이렇게 커."

아래가 찢어지는 상상만으로도 통증이 느껴지는 듯해 인상이 찌푸려졌다.

"엄청 아프겠지? 그래도 질이 아기가 나올 수 있을 정도로 벌어진다며."

"근데 이만큼이나 벌어져야 해. 그래도 아기가 못 나오면 어떻게 되는 거야? 수술해야겠지?"

"수술하면 아랫배에 흉이 남아. 입양 보내려는 애들은 수술하기 곤란하겠다."

"어차피 호적에도 남아."

과거의 흔적은 사라지는 것이 아니라 어떤 방식으로든 현재와 연결되기 마련이다. 티가 나든 안 나든. 내가 아직도 어린 시절에 대한 악몽을 꾸는 것처럼. 아빠나 엄마가 과거 한 일들 때문에 지금까지 내게 미움받는 것처럼. 지난 시간이 시도 때도 없이 나를 흔드는 것처럼.

"진통 와야 하는데."

"오겠지. 혹시 새벽에 진통 오면 나 깨워."

그 말이 예언이었는지 해영이가 병원에 간 건 다음 날 새벽이 었다.

해영이가 병원에 가고 이틀 동안 방을 혼자 썼다. 오랜만이었다. 어릴 때 아빠와 살 때는 내 방이 따로 있었지만 나는 매번 아빠 방에서 잠을 잤다. 술 취한 아저씨들의 고함, 복도를 지나가는 이웃의 발걸음이 금방이라도 벽을 뚫고 내게로 올 것 같아서였다. 할머니 집에서 살 때도 할머니와 같은 방을 썼다. 할머니 집은 방 한 칸과 주방 겸 거실이 있는 열한 평 임대 아파트였다. 할머니가 돌아가시고 나서야 내 방이 생겼지만 얼마 지나지 않아 나는 집을 나와 버렸다.

나는 특별한 경우가 아니면 방을 나오지 않았다. 자궁 속에 있는 느낌이 이 방에 혼자 있는 느낌과 비슷할 것 같았다. 이 상태로 세상에 나갈 수 없어 은밀하게 보호받는 느낌. 세상이 어떤 모습으로 나를 기다리는지 알 수 없으나 세상에 나가기 위해 준비하는 곳. 적막함이 양수처럼 출렁이며 내 몸과 마음을 둘러싸고 있었다. 그런 느낌은 무섭고 불안했고 나도 다시 아기가 되어 엄마의 보살핌을 받고 싶은 마음으로 이어졌다. 그러면서 달이와 내가 다를 바 없다는 생각이 들었다. 그 생각은 달이와 나를 한편으로 묶어 주었다. 아직도 달이가 내 몸의 이질적인 존재로 느껴졌지만 우리는 비슷한 처지였다.

"내가 네 엄마래. 웃기지? 실감 안 나지? 나도 실감 안 나."

태동이 느껴졌다.

"내가 널 잘 키울 수 있을까?"

슬픈 기분이 들었다. 달이의 움직임이 조용했다. 지금 할 수 있는 선택이 양육과 입양 두 가지 두 가지뿐이라는 게 두려웠다. 양육을 선택한 지금 과연 감당할 수 있을까? 지금이라도 처음 생각했던 것처럼 입양 보내는 게 나나 달이에게 낫지 않을까? 나는 자책하겠지만 시간이 지나면서 새로운 마음으로 내 삶을 꾸려 갈 수 있지 않을까? 달이도 환경이 좋은 가정에서 크는 게 좋을 테고. 곧 수능인데 이런 상태로 시험을 보는 건 잘하는 걸까?

나는 생각에 잠겨 천천히 원을 그리며 배를 쓰다듬었다.

> 낼 수능이잖아. 엿 사 놨다

은지네 집에 도착할 즈음 아빠에게 문자가 왔다. 어정쩡한 모습으로 엿을 샀을 아빠의 모습이 그려졌다. 아빠에게 모든 것을 털어

놓을까, 순간 흔들렸다.

하지만 아빠가 지금 내 모습을 보면 무슨 일이 벌어질지 가늠이 안 됐다. 난리를 칠 게 뻔했다. 나는 아빠를 확실하게 안심시키기 위해 전화했다.

"집 들를 시간 안 돼. 시험 보러 은지랑 같이 갈 거야. 걱정 마."

나는 서둘러 전화를 끊었다.

처음에는 아기를 낳아 입양 보내면 감쪽같이 원래 생활로 돌아갈 수 있으리라고 생각했다. 아기를 양육하기로 한 지금은 아무것도 감쪽같이 숨길 수 없었다. 아빠에게 사실대로 말해야 했지만 자꾸 뒷걸음질을 치게 됐다. 내 모습을 보고 화낼 아빠 모습은 상상만으로도 싫었다. 아니, 아빠를 실망시킬 내 모습을 드러내고 싶지 않았다.

고사장에 들어가자 아이들 여럿이 나를 바라봤다. 그 시선을 무시하고 내 자리를 찾아 앉았다. 이 교실에서 나만이 불청객 같았다. 몸도 계속 불편했다. 이러다 애 낳게 되는 건 아닌가 걱정되었다. 아랫배와 허벅지가 땅겼다. 나는 쉬는 시간마다 일어서서 복도에 나와 걸어 다녀야 했다. 빨리 시험을 치르고 쉼터로 돌아가고 싶었다. 시험이 끝났을 때는 창피한 줄도 모르고 허리에 손을 얹고 임신부처럼, 걸었다. 아니, 진짜 임신부였다.

수능 끝나고 기말고사까지 치르고 쉼터에 돌아왔을 때 해영이는 벽에 등을 기대고 앉아 아기에게 젖을 물리고 있었다. 그 모습이 너무나 자연스러워 어색했다. 처음일 텐데 젖 물리는 게 익숙해 보였다.

"잘 나와?"

"아니. 오빠가 너무 힘들면 분유 주라고 하는데…… 초유 좋다는 얘기 하도 들어서."

"가슴도 커진 거 같다."

"커졌어. 근데 다시 줄어든대."

"아깝다."

내 말에 해영이는 웃었다. 나는 내 가슴을 한 손에 쥐어 보았다. 임신 전보다는 커져 있었다. 출산일이 가까워질수록 가슴이 탱탱하게 붓고 있었다.

"그런데 수유하고 나면 더 홀쭉해진다는 말도 들었어. 커졌다가 홀쭉해지면 쭈글쭈글해지는 거 아냐?"

해영이는 젖을 빠는 아기 볼을 손끝으로 살짝 건드리며 말했다.

"그런 얘긴 못 들었는데."

아기가 꿈꾸듯 눈을 감고 젖을 점점 느리게 빨았다.

"젖 먹다가 잘 자더라고."

아기가 잠들자 해영이는 아기를 이불에 눕혔다. 아기는 조금 움찔했지만 해영이가 가슴을 토닥이자 다시 깊은 잠 속으로 빠져들었다.

"사랑이 아빠는?"

"아까 나 데려다주고 일하러 갔어."

"부모님께 연락했어?"

"······아빠가 연락하지 말랬어."

"그래서 진짜로 안 했어?"

"응. 연락해 봤자 욕만 먹을 거야."

해영이는 쓸쓸한 표정으로 말했다. 표정 탓인지 아기를 낳아서인지 나보다 몇 살은 더 든 사람 같았다.

"언니는 집에 연락했어?"

"아니."

"예정일 얼마 안 남았지?"

"이삼 일. 출산일이 다가오니까 점점 마음이 약해져. 여기 들어올 때만 하더라도 집에 연락 안 하려고 했는데. 지금은······ 휴, 불안해서 그런가. 의지할 데가 아빠 말고 없는 거 같아서······. 연락을 하자니 자꾸 망설여지고······."

말끝이 흐려졌다.

"빨리 낳고 싶어."

지호를 떠올리며 덧붙였다.

하지만 진통은 시작되지 않았다. 나는 조바심이 나 '진통 오는 법' '양수 터지는 법' '자궁 열리는 법'을 반복하여 검색했지만 별다른 방법이 없었다. 그저 때를 기다려야 했다. 지난주 진료를 갔을 때 의사는 "배 아프면 언제든지 낳는 겁니다."라고 말했지만 어쩐지 배는 아프지 않았다.

"언니 남친은?"

"……."

"난 한 달 후면 나갈 거야. 여기서 산후조리만 하고. 오빠가 일하는 곳 근처에 방 알아봤는데 한 달 후면 들어갈 수 있겠다고 해서."

"좋겠다."

그 말을 하면서도 내가 한 번도 상상해 보지 않은 삶을 부러워하고 있다는 사실에 쓴 웃음이 나왔다. 예전에는 가난하게 사는 어린 부부를 호의적으로 보지 않았다. 사는 게 얼마나 어려울지 모른 채 철없이 사고 쳤다고 생각했다. 하지만 지금 내 처지는 그보다도 못했다. 아니, '그보다'라고 하찮게 말할 게 아니었다.

"반지하래. 아기를 그런 곳에서 키우고 싶지 않지만 돈이 없으니까 어쩔 수가 없어. 속상한데 오빠 생각하면 또 불쌍해서……. 한 일 년은 그렇게 살다가 돈 모으면 이사해야지."

해영이는 조금 침울한 표정으로 말했다.

"나는 혼자 아이 키우게 될 것 같아."

"두리모?"

"미혼모."

"미혼모가 두리모로 이름 바뀌었다고 사무실에 붙어 있어. 아이를 보호하기 위해 강하고 둥근 마음을 갖자는 의미래. '두리'가 둥글다, 둘레, 둘의 의미라나."

"두리모든 미혼모든 휴우, 저절로 될 수 있다면 얼마나 좋을까?"

나는 잠들어 있는 아기를 물끄러미 내려다보며 말했다.

"뭐가?"

"엄마."

낯선 이름이었다. 한 번도 내 것이라고 생각해 본 적 없는 이름.

"내 주변 사람들은 다 저절로 되는 거 같던데?"

해영이는 나와 다르게 엄마가 되는 것을 너무나도 당연하게 받아들이고 있었다.

"저절로 될 리가 없지. 좋은 엄마 말이야."

"어떤 엄마가 좋은 엄마일까?"

"글쎄…… 자식을 버리지 않는 엄마?"

나도 모르게 엄마를 떠올리며 말하고 있었다.

"대부분 안 버리지. 그렇다고 좋은 엄마는 아냐. 아이 입장에서는 더 좋은 사람에게 입양 가서 크는 게 나을 수도 있잖아. 안 그래? 난 어릴 때 왜 저런 부모가 내 부모일까 얼마나 속상했는데. 차라리 프랑스나 미국 같은 데 입양 가서 좋은 부모 만났으면 불어나 영어도 저절로 잘할 거고 고생도 덜할 거고. 그런 생각 가끔 했어. 부모가 너무 지긋지긋하게 마음에 안 들어서."

엄마를 닮지 않은 좋은 엄마가 될 수 있을까? 달이가 태어나 커가면서 차라리 입양을 갔으면 좋았겠다고 생각하게 되는 건 아닐까? 내가 좋은 엄마가 아니어서 나를 원망하고 미워하고 그러지 않을까? 내가 엄마를 미워한 것처럼 달이가 날 미워하지는 않았으면 좋겠는데……. 당장 내가 되어야 할 사람이 좋은 학생도 좋은 사람도 아닌 좋은 엄마라니! 멀고 낯설고 그리운 이름이었다.

멀고 낯설고 그리운 이름은 또 있었다. 지호.

지호는 무슨 생각을 하고 있을까? 자신의 삶에서 나와 달이를 지우고 있을까? 나를 원망할까? 내게 호의를 보인 모든 순간까지 후회하고 있을까? 그런 생각을 하다 보면 지호에게 화가 났다. 그러다 지호가 행복하지 않으리라는 생각에 미치면 지호를 위로해 주고 싶은 마음도 들었다. 그러나 곧 내 처지를 생각하곤 입을 꾹 다물었다. 스스로도 위로를 못 하는데 어떻게 지호를 위로해 줄 수 있을까.

"미성년이 지나면 다 할 수 있을 것 같았는데."

"나도!"

"곧 엄마 되고 졸업이야."

엄마도 되기 전에, 졸업도 하기 전에, 지치고 겁먹은 목소리가 먼저 나왔다.

"난 이미 엄마야."

해영이는 잠들어 있는 아기를 바라보며 어이없다는 듯 웃었다.

"하긴 울 할머니는 울 아빠한테 철들려면 아직 멀었다고 만날 그러시긴 했어. 지금 나이 오십인데 어른 되는 건 나이랑은 상관없을지도 몰라."

　나는 내 물음에 답하고 싶었다. 어쩌면 그 답은 앞으로 살아가면서 평생 찾아야 하는 건지도 몰랐다.

5부

달이와 나

답을 알고 싶은 질문

1. 다음 중 '어른'의 용법으로 가장 적절한 것은?

① 다 자란 놈이 자기 일에 책임을 못 지면 그게 어른이냐?

② 고등학교를 졸업하면 우리는 어른이 되는 거야.

③ 결혼하고 애를 낳아 봐야 어른이 되는 거지.

④ 너보다 두 살 더 먹었으니 내가 어른이다.

⑤ 아이가 자라서 저절로 어른이 된다.

나를 찾아온 사람

<<<<<<<<<<<<<<<<<<<<<<<<<<<<

지호와 은지가 면회를 왔다. 함께 쉼터 밖으로 나오니 길바닥은 군데군데 살얼음이 얼어 있었다. 걸을 때 넘어지지 않게 조심해야 하는 게 마치 지금의 지호와 나 사이 같았다. 서로의 감정이나 생각을 존중하려고 하면서도 언제 깨지고 미끄러질지 몰라 조심해야 하는 관계. 살얼음은 우리 사이에도 끼어 있었다.

지호가 내 손을 잡아 주었는데 처음 잡은 손처럼 어색해 나도 모르게 긴장됐다. 순간 내가 세상 어디에도 속하지 못한 느낌이 들었다. 학생도, 어른도, 지호의 여자 친구도 아닌 나. 처지가 다르다는 게 느껴졌다.

우리는 가까운 카페에 들어갔다. 주스를 시켜 놓고 눈을 마주치기가 어색하여 자꾸 창밖을 보고 있었다.

"오랜만이네. 시험 잘 봤어?"

내가 먼저 말을 꺼냈다.

"그럭저럭. 성적표 받아야 확실히 알지. 넌?"

지호가 컵을 만지작거리며 말했다.

"그냥 본 거야."

지호 손을 보며 내가 대답했다. 내 손을 잡고 내 몸을 쓰다듬었던 지호 손이 낯설게 보였다.

"응…… 몸은? 배 많이 부르네. 힘들지 않아?"

"힘들어. 빨리 낳고 싶어. 병원에 올 수 있어?"

고개를 들어 지호를 보았다.

"언제 낳지?"

"예정일이 모레. 진통 와야 낳는데. 아직 아무렇지 않아."

"응…… 미안해."

지호는 나와 눈을 마주치지 못했다. 그 모습이 내 마음을 괴롭혔다. 평소 지호는 고개를 자꾸 숙이는 애가 아니었다. 적극적으로 자기 생각을 말하고 내가 퉁명스럽게 대할 때마다 오빠처럼 빙글빙글 웃으며 다독이던 애였다. 그런데 지금은 자꾸 뒷걸음질 치며 내게서 빠져나가려 했다.

지호와 영화를 함께 볼 적마다 우리는 주인공 같은 사랑을 하자고 말했는데. 가능할 것 같았는데. 그 말의 진실은 그 순간뿐이었던 것 같다. 그렇게 생각하면서도 아직도 지호에게 미련을 완전히 버리지 못하고 지호가 나와 달이와 이어지기를 바라고 있었다. 지호가 미웠지만 미워하는 마음을 들켜 지호를 실망시키고 싶지도 않았다. 어쩔 수 없이 나는 잠자코 있었다.

"둘 다 창밖만 보기냐?"

은지가 끼어들었다.

"살 많이 빠졌네. 난 쪘는데."

내 말에 지호는 쑥스러운 듯 나를 바라봤다.

"참, 이거. 엄마가 너 주라고."

지호가 내민 쇼핑백에는 아기용품이 들어 있었다. 베이지색 배냇저고리, 작은 꽃무늬 분홍 양말, 별무늬 우주복…….

"입양시킬 때 함께……."

"나 키울 건데?"

지호는 놀란 표정으로 나를 바라봤다. 겨울 햇빛이 굳어 버린 지호 얼굴 위로 쏟아졌다. 얼굴 근육이 팽팽하게 땅겨지는 게 보였다.

"생각이 바뀐 거야?"

지호 목소리가 빨리 아니라고 대답하라는 듯, 그러면 안 된다는 듯 나를 추궁하는 투였다.

"응. 헷갈렸는데…… 키우려고."

"수연아, 그게, 냉정하게 생각할 문제야. 나도 생각 안 해 본 것 아냐. 책임을 안 지겠다는 게 아니야. 엄마가, 엄마하고도 얘기해

봤는데 아기를 데리고 오고 싶어도 지금 우리 집에는 아기를 키울 수 있는 사람이 없어. 엄마, 아빠가 서로 떨어져서 일하는 데다가 두 분 사이도 간당간당해서……. 우리 둘이 어떻게 해? 내가 키울 능력이 안 되잖아. 나도 마음이 안 좋아. 하지만 그러니까…… 네 마음 이해는 하겠는데, 이런 식으로 시작하는 건 아니잖아. 정말 이건 아니잖아. 이런 건 한 번도 상상해 보지 않았어. 너도 마찬가지 아니야? 지금이라도 늦지 않아. 아기 불쌍하지 않아? 아기도 우리 같은 부모보다 그러니까 그게…… 그러니까 나 편하자고 입양시키라는 게 아냐. 너도 길게 생각해 봐. 그러니까 네 인생도……."

임신을 확인한 이후 이렇게 적극적으로 말하는 지호 모습은 처음이었다. 지금 내게 필요한 건 힘든 결정을 했구나, 용기 내, 잘할 수 있어, 도울 일 없을까? 그런 말이었는데. 조금이라도 책임감 있는 남자 친구였는데. 내가 가장 먼저 버려야 할 게 지호에 대한 미련 같았다.

"인생 길게 생각하는 거 너무들 좋아하네."

문득 이모가 엄마에게 강조하고 강조한 말이 떠올라 쏘아붙였다. 내 말에 지호 얼굴이 순식간에 새빨개졌다. 나는 침착하게 말하려고 애썼다.

"입양…… 생각 안 해 본 거 아닌데…… 나도 수없이 생각했어. 하루에도 생각이 수없이 바뀌었어. 그런데 남한테 보내는 건 아무래도 못 할 거 같아."

"그래, 아기한테 미안하지만 어쩌면 진짜 더 좋은 부모…… 그래, 진짜 더 좋은 부모 만나서 잘 클 수 있어. 입양 보내는 게 미안하지만 그건 지금 기분이고…… 나중에는 진짜 나중에는 서로에게 최선이었다고 생각하게 될 거야. 네가 싫어서가 아니라, 그러니까 이런 식이면 서로 원망만 커질 거야. 그것보다야 아기도 좀 더 나은 부모에게 자라고 우리도…… 더…… 그러니까 더 잘 살 거고……. 그래, 그럴 거라고."

"그만해."

나도 수없이 생각했던, 나를 유혹했던 말이었다. 지호 말이 틀리다고 할 순 없었다. 어쩌면 내 결심이 무모할지 몰랐다. 그런 의심에 순간순간 흔들렸기 때문에 지호 말을 듣고 있기가 더욱 힘들었다.

"어떻게 키우려고? 애 때문에 네 꿈 다 포기해야 할 거야. 우리 부모님은 두 분 다 번듯한 직장 있고 결혼해서 정식으로 나를 낳았어도 키우는 것 힘들었다고 하셔. 지금 상황이라면 난, 난 준비가 안 되었어. 이제 막 대학교 들어가려는데 어떻게 해? 나도 이제 막 시작이라고. 너 미혼모 되는 거야. 아무도 널 응원하지 않을 거야. 오히려 비난하겠지. 그런 거 생각해 봤어? 이후의 시간. 애를 너 혼자 키울 수 있어? 직장도 없잖아. 너희 엄마와 아빠도 너를……."

지호는 빠르게 말을 쏟아 내더니 거기서 멈췄다. 다른 누구도 아닌 지호에게 이런 말을 듣고 있는 게 힘들었다. 나를 진심으로 걱정해서 솔직하게 얘기해 주는 걸까? 나보다 똑똑한 애니까 내가 어리석게 생각해서 잘못될까 봐?

나는 침착하게 보이려고 애썼지만 얼굴이 달아오르는 게 느껴졌다.

"그래, 네 말이 맞아. 우리 아빠도 나 키우는 거 힘들어했어. 엄마는 아예 도망가 버리고⋯⋯. 내가 그것 때문에 진짜⋯⋯ 내 인생 거지같이 느껴졌어. 잘못 태어난 것 같았고 그런 부모 쪽팔려서 누구한테도 얘기 못 했고⋯⋯. 그런데⋯⋯ 그런데 이 애는 어떡해? 버려지는 마음 내가 너무 잘 아는데⋯⋯ 나 진짜로 버려지지 않았어도 힘들었는데⋯⋯ 모든 사람이 원망스러웠는데⋯⋯ 어떻게 모른 척해? 나라고 너같이 생각 안 한 거 아냐. 인생 꼬인 거 생각하면 분하고 억울해. 나 힘들어. 앞으로도 계속 힘들겠지. 솔직히 어떻게 살아가야 할지 상상도 잘 안 돼."

눈물이 터져 나왔다. 은지가 내 어깨에 손을 올리고 다독였다. 지호는 아무 말 없었다. 울면 안 되는데⋯⋯ 울기 싫은데⋯⋯ 시작도 하기 전에 이렇게 자꾸 눈물이 나면 안 되는데⋯⋯. 냉정해지려고 눈물을 훔치고 입술을 깨물었다. 심호흡했다.

"아직 집에는 얘기 못 했는데⋯⋯ 은지 집에서 살 수도 없을 거고, 아빠도 나 내쫓으려 할 거야. 나도 집에서는 힘들 거고. 공동육아방에 들어가려고 해."

나는 마음이 흔들리는 걸 다잡으려고 목소리에 힘을 주어 말했다.

"공동육아방?"

"쉼터에서 들었어. 아기 양육하도록 보조를 해 준다는데, 가 봐야 알 것 같아."

"그런데 시험은 왜 본 거야?"

지호가 다그치듯 물었다.

"대학 가고 싶어서……."

그 말에 우리는 서로의 눈을 피하며 말없이 있었다.

"난…… 어떡해야 하지……. 난…… 난…… 준비가 전혀 안 되었어. 이건…… 아니야. 정말 아니야."

지호가 천천히 말을 꺼냈다. 그 말에 누구도 대꾸하지 않았다. 당황스럽고 부담스러운 감정, 모른 체할 수 없다는 책임감 등이 뒤엉켜 지호 마음이 복잡하리라는 것은 충분히 짐작할 수 있었다. 나와 마찬가지로 지호도 임신이 제 삶에서 전혀 예상하지 못한, 감당하기 힘든 사건이었을 테니까.

그렇다고 지호가 자신의 진로를 포기하고 아기를 위해 당장 돈벌이를 하러 나간다 해도 반갑지만은 않을 것 같았다. 지호가 그동안 꿈꿔 온 공부와 대학 생활을 이제 막 시작하려는데, 시도해 보기도 전에, 제 인생을 책임지기도 전에 아기를 책임지라고, 미래에 대한 계획을 다 바꾸거나 포기하라고 채근할 수는 없었다. 누군가가 다른 사람의 삶을 이래라저래라 강요할 수 없었다. 그렇다 치더라도 지호를 보자 서러움과 노여움이 밀려왔다. 의연해 보이려고 애썼지만 생각대로 되지 않았다.

"내가 어떻게 했으면 좋겠어?"

지호가 따지듯 말했다. 내 생각이 궁금해서 묻는 게 아니었다. 이런 상황이 당황스러워 피하고 싶고, 한편으로는 내가 원망스러워 하는 말이었다. 그 말을 듣자 나는 서러움이 쑥 들어가고 화나기 시작했다.

"넌 어떡하고 싶은데?"

내 목소리가 조금 커졌다.

"그게…… 나도 알 수 없어서. 아직 경제력이 없는데, 공부도 더 해야 하고…… 내가 책임질 수 있을지……. 당장 일한다고 해도 할 수 있는 일이 뻔한데……. 미안해. 진짜 자신이 없어."

지호는 금세 주눅 든 모습으로 돌아갔다. 그 모습을 보자 나도 다시 침착해졌다. 엄마가 된다는 생각은 나를 절망에 밀어 넣었다가 기운이 솟아나게도 했다. 한없이 뒤로 물러나게 했다가 어느 순간 맨 앞에 서 있게도 했다. 들떴다가 움츠러들게도 했다. 지금은 나를 이리저리 흔들다가 차분하게 다독이고 있었다.

내가 감정을 정리하느라 말이 없자 지호는 재차 물었다.

"진짜 아기 키울 거야?"

"응. 너는 아니지?"

이렇게 묻고는 더럭 겁이 났다. 속으로만 생각했던 말을 너무도 정확하게 지호에게 묻고 있었다. 이 말의 의미를 생각할 겨를도 없이 원래 계획했던 삶이 완벽하게 사라지는 게 느껴졌다. 잘못 물었다는 생각으로, 혹시 다른 방법은 없을까 하는 심정으로 지호를 바라봤을 때 지호의 눈동자는 흔들리고 있었다.

"아기 태어나면 출생 신고 해야 하는데……."

지호가 우물거렸다.

"입양시켜도 해야 했어."

내가 말했다.

"사건은 사건이다. 어떡해. 그럼 누구 호적에 올리는 거야?"

은지가 나와 지호를 번갈아 보며 물었다. 지호는 입을 꾹 다물고 탁자만 내려다봤다.

"내 호적에 올릴게."

내가 말했다.

지호는 탁자 위에 있던 내 손 위에 자기 손을 올려놓았다. 나는 슬며시 손을 뺐다.

만약 이게 영화의 한 장면이라면 지호는 꽃다발을 내게 내밀거나 자기를 믿고 아기를 함께 키우자고 말해야 했다. 영화 「이터널 선샤인」의 조엘이 사랑의 시행착오를 겪을까 봐 염려하는 클레멘타인에게 한 말처럼, "괜찮아."라고 말해야 했다. 슬픔의 눈물이 아니라 감동의 눈물을 흘려야 했다. 그런데 눈앞의 현실은 영화와 달랐다. 지호는 내가 주인공인 비극적인 영화의 엑스트라일 뿐이었다. 내게는 나와 함께 주연을 맡을 배우가 필요했는데 지호는 준비가 안 돼 보였다. 인정하기 싫지만 지호는 아마도 이런 영화 말고 다른 영화를 찍고 싶었을 것이다. 달짝지근하고 모두가 행복하게 끝나는 로맨틱 코미디 영화. 우리에게도 그런 시간이 한때 있었다. 그러나 지금은 그저 불안에 떨며 미래를 기다리고 있었다. 순간 지호와 서로 좋아했던 시간이 떠올라 가슴이 뻐근해졌다.

지호의 태도를 확실하게 알게 되자 내 마음은 갈라지고 있었다. 양육하기로 결심이 섰다고 생각했는데 또다시 흔들리고 있었다. 가장 가깝게 생각하는 사람에게조차 응원을 못 받는데 다른 사람들에게는 더하겠지. 내가 짊어져야 할 생존의 무게와 내게 쏟아질 비난을 헤쳐 갈 수 있을까 의심이 들었다. 그러면서도 나는 속으로 달이에게 지켜 줄게,라고 말하고 있었다.

달이를 만나는 날

◇◇◇◇◇◇◇◇◇◇◇◇◇◇◇◇◇◇◇◇◇◇◇◇◇◇

지호와 은지가 돌아간 오후, 배가 아프기 시작했다.

"누구 연락할 사람 있으면 병원으로 오라고 하고."

사회 복지사는 나를 차에 태우며 말했다. 나는 은지와 지호에게 병원에 간다고 문자를 보냈다.

출산 준비는 빠르게 이루어졌다. 고민할 틈이 없었다. 병원에 도착했을 때는 조금 더 빠른 간격으로 진통이 오기 시작했다. 그동안 출산에 대해 상당히 많은 공부를 했다고 생각했는데 진통 간격이 좁아지자 공부한 내용은 깡그리 사라졌다. 그 대신 점점 빠른 주기로 오는 진통과 드디어 놀라운 일이 일어나리라는 두려움에 압도되었다. 주위에서 하는 말이 귀에 들어오지 않았다. 아무 생각도 할 수 없었다. 단지 내 몸을 통과해 세상으로 나오려는 아기만큼이나 나도 이 어려운 일을 통과해 세상에 별 탈 없이 다시 들어가고 싶었다.

진통이 파도처럼 온몸을 덮쳤다가 쑥 빠져나가기를 반복했다. 그 간격이 점점 좁아졌다. 진통과 진통 사이의 일 초가 긴 시간으로 느껴졌다. 그 일 초의 틈새는 쫙 벌어져 멈춘 채 온몸을 갈기갈기 찢어 놓는 것 같았다. 몸이 아파질수록 달이에게 미안해 이를 악물었다. 아프다고 소리 지를 수 없었다.

'미안해. 힘든 세상에 태어나게 해서…… 준비된 엄마가 아니라 정말 미안해. 정말 미안해.'

네 시간 진통 끝에 달이 울음소리가 들렸다.

"3.1킬로그램 여아입니다."

간호사는 울고 있는 아기를 담요로 감싸 안아 내게 데려다주었다. 상상했던 것보다 작은 몸이었고 붉고 쭈글쭈글한 얼굴이었다. 내가 달이에게 "울지 마."라고 말을 걸자 달이는 울면서도 눈을 뜨려고 얼굴을 더 찡그렸다. 나는 그때부터 눈물이 나기 시작해서 회복실로 옮길 때까지 울음을 멈추지 못했다. 내 속에 꾹꾹 누르고 있던 온갖 감정들이 뒤엉켜 한꺼번에 쏟아졌다. 이제 한 가지는 끝냈다는 안도감과 후련함, 앞으로의 일에 대한 두려움, 달이와 함께 살아가야 한다는 걱정, 아무것도 모르고 나에게 제 존재를 맡기고 있는 달이에 대한 미안함, 그런 것들이 뒤섞여 올라오고 있었다.

간호사가 달이를 내게 안겨 주었을 때 달이는 울음을 멈추고 팔을 휘저으며 손가락을 꼼지락거렸다. 내 손을 가만히 대어 주자 작고 연약한 손을 꼬무락거리며 내 집게손가락을 움켜쥐었다. 내 손가락을 놓지 않겠다는 듯 달이는 잡은 손에 힘을 주었다. 제법 힘이 느껴졌다. 아기 뺨을 가만히 쓰다듬자 보드라운 피부만큼이나 내 마음도 보드라워지는 듯했다.

간호사는 다시 아기를 안아 들었다.

"우선 산모가 회복해야 하니까 아기방으로 옮길게요."

나는 회복실로 옮기자마자 잠들었다. 오랜만에 금방 빠져드는 잠이었다. 잠이 깼을 때는 초저녁이었지만 거리는 이미 어두웠다. 잠에서 깨자 그동안의 조바심이 사라졌는지 한결 느긋하게 앞날에 대해 생각할 수 있었다. 달이를 눈으로 보자 오히려 흐트러졌던 마음의 조각들은 한데로 모였다.

내 고민은 간단해졌다. 나와 달이의 생존. 그것에 온 신경이 가 있었기 때문에 다른 문제는 떠오르지 않았다. 산후조리를 쉼터에서 하고 육아방 입소를 신청하고……. 일의 순서를 생각하는데 문소리가 들렸다.

고개를 돌리니 아빠가 초췌한 모습으로 우두커니 서 있었다.

"아빠……."

옆방에서 이야기 소리와 웃음소리가 들렸다.

"아휴……."

아빠는 말을 잇지 못했다.

"어떻게……."

아빠는 고개를 돌렸다.

"은지가 연락했어."

그때 나는 한 번도 보지 못한 아빠의 얼굴을 보았다. 감추려 해도 눈물이 글썽한 얼굴. 다 큰 어른의 눈물을 보자 나는 조금 겁났다. 나 때문에 운다고 생각하니 당황스러웠다. 낯설고 불편했다. 오히려 내게 꼬투리를 잡혀도 제 성미를 어쩌지 못해 화만 내는 아빠가 익숙했다.

아빠가 되돌아서는데 귀밑으로 희끗한 머리카락이 듬성듬성 보였다. 어느새 아빠도 나이가 들어 가고 있었다. 나는 조금 울컥해서 전기라도 나가 어두워지기를 바랐다. 하지만 밤은 환했고 되돌아서 있는 아빠는 창문에 비치는 줄도 모르고 어린아이처럼 소매로 눈가를 훔치고 있었다. 나는 아무것도 못 본 척, 마치 아무 일도 없이 자고 지금 막 일어난 것처럼 쿠션을 찾아 등에 대고 앉았다.

아빠는 한숨을 크게 내쉬고는 고개를 들어 창밖을 멍하니 바라봤다. 그러더니 나를 돌아보며 말했다.

"애 아빠는 어떤 놈이야?"

"친구."

"친구가 애 아빠야? 왜 코빼기도 안 보여? 연락은 했어? 걔네 부모도 이 사실을 알아? 같이 키우기로 한 거야? 아님 뭐, 뭐야? 연락처 줘 봐. 어떤 놈인지 가만 안 둘 거니까."

흥분한 목소리였다.

"오버 좀 하지 마."

"오버라고? 이게 지금 오버야? 학생이 애를 낳았는데? 빨리 연락처 내놔 봐."

아빠는 다짜고짜 내게 손을 내밀었다.

"내가 알아서 할 거니까⋯⋯."

"알아서 한다는 게 혼자 애 낳기냐? 내가 너 집 나갈 때 붙들었어야 했는데⋯⋯. 아무리 철이 없어도 그렇지. 이런 일이 있으면 연락을 해야지. 넌 도대체가 제정신이니? 생각이 있는 애니?"

"지금 나한테 이러려고 온 거야?"

누구보다도 아빠에게 의지하고 싶었지만 나는 그 마음을 감추고 화를 냈다.

"너 혼자 누워 있는 거 보니까 열불 터져서 그렇지. 내가⋯⋯ 내가⋯⋯."

아빠 목소리가 조금 떨리더니 눈가가 또 붉게 변했다. 아빠가 다시 눈물을 보일까 봐 겁났다. 아빠도 내게 우는 모습은 보이지 않겠다고 결심한 것처럼 입술을 꾹 다물었다. 분하다는 듯이 큰 숨을 거칠게 몰아쉬었다. 그러더니 뜸을 들인 후 낮은 목소리로 말했다.

"근데 너 아기 때랑 똑 닮았더라."

"……."

"머리카락이 까만 게. 너도 태어났을 때 머리카락이 길어서 몇 개월 된 아기 같다고 했다니까."

"달이 봤어? ……내가 그랬어?"

처음 듣는 말이었다. 아빠는 화난 건 잊고 오래전 기분 좋은 일을 떠올리는 듯했다. 그 말을 하며 아빠는 흩어져 내린 머리카락을 쓸어 넘겼다. 이발할 때가 됐는지 덥수룩한 머리카락이 귀를 덮고 있었다.

"그때는 얼마나 순했는지."

아빠의 눈동자가 조금 더 커졌다.

"지금은 아니라는 거야?"

"지, 지금은…… 제멋대로잖아……. 이게 도대체…… 아휴."

아빠는 내게 등을 보이고 고개를 숙인 채 중얼거렸다.

"영미 씨는 조금 있다 올 거야."

"오래가네."

나는 아빠의 지난 여자들을 떠올리며 건성으로 말했다. 내 말에 아빠는 표정이 굳어지며 나를 돌아봤는데 무슨 말인가 하려다 마는 것 같았다. 그때 영미 씨가 문을 벌컥 열었다.

"살다 살다 별일이 다 있네. 진짜……."

영미 씨는 소란스럽게 말하며 내게 다가왔다. 내가 고개를 돌리자 영미 씨는 귀퉁이가 낡아 가죽이 너덜너덜해진 토트백을 요란스럽게 뒤적였다.

"아휴, 이년이…… 정말……."

"아, 정말 말 좀……."

내 말이 끝나기 전에 영미 씨는 수능 성적표를 내밀었다. 잊고 있던 현실과 맞닥뜨린 기분이었다. 나는 성적표를 받아 들고 어떻게 할지 가늠하며 잠자코 있었다. 예상한 정도의 점수였다. 그전에는 예상한 대로 점수가 나오면 실망스러웠는데 지금은 예상한 정도만 살아져도 괜찮겠다는 생각이 들었다. 그럼 최소한 배신감이 들지는 않을 텐데.

아빠는 내 손에 든 성적표를 흘긋 보더니 한마디 했다.

"이게 지금 뭔 소용이야?"

"왜, 그래도 애썼으니까 궁금할 거 아냐."

영미 씨가 아빠 말에 대꾸했다. 그러더니 중얼거렸다.

"아기 생기는 몸은 따로 있나 봐."

"네?"

"난 아기 가지려고 하는데도 안 생기잖아. 유산도 되고. 나이가 많아서 그런가? 넌 가지려고 안 했는데 생긴 거 아냐?"

내가 부럽다는 말투였다.

"일부러 가진 건 아니죠."

그 말이 사실이라 하더라도 잘못 말한 것 같은 생각이 들었다.

달이에게도 영미 씨에게도 그리고 나에게도. 마치 달이와 내가 서로를 인정하지 않는다는 말, 반갑지 않은 존재가 느닷없이 생겨 어쩔 수 없었다는 말처럼 느껴졌다. 나는 내 말을 부정하기 위해 고개를 저었다. 앞으로 얼마나 더 부정하게 될지 모르는 말이었다.

블 루 문 을 위 하 여

◇◇◇◇◇◇◇◇◇◇◇◇◇◇◇◇◇◇◇◇◇◇◇◇

지호 엄마는 밤늦게 왔다. 혹시라도 지호가 따라 들어오지 않을까 문을 뚫어지게 쳐다봤지만 그런 일은 없었다. 지호 엄마는 나와 눈이 마주치자 어색하게 미소 지었다. 우리 아빠와 지호 엄마는 한눈에 서로의 정체를 파악했는지 함께 밖으로 나갔다. 나는 두 사람이 나눌 얘기보다도 지호가 궁금했다. 함께 달이를 키우지 못한다 해도 와 볼 줄 알았는데. 왜 안 왔지? 나는 지호가 원망스러우면서도 보고 싶었다.

"퇴원이 언제지?"

두 사람이 나가자 영미 씨가 문을 닫으며 말했다.

"사흘 있다가요. 다시 사랑아이집으로 가요."

"내가 집에 데리고 가서 몸조리라도 해 주면 좋은데…… 집도 좁고 일도 계속해야 하고……."

영미 씨는 말을 얼버무렸다.

"쉼터에서 한두 달 있을 수 있어요. 또…… 공동육아방에 들어 가려면 쉼터에 가 있는 게 나아요."

조금 서글펐지만, 그래도 갈 수 있는 곳이 있는 게 다행일지도 몰랐다.

"공동육아방?"

영미 씨는 이불을 끌어당겨 밖으로 나와 있는 내 발을 덮었다. 그러고는 잠깐 생각에 잠기는 듯하더니 덧붙여 말했다.

"아빠하고 면회는 갈게."

병실에 들어선 아빠를 본 순간 나한테 내심 어떤 기대가 생겼나 보다. 영미 씨 말이 냉정하고 섭섭하게 들렸다. 하지만 되돌아보면 난 아빠와 한집에서 사는 걸 좋아하지 않았다. 오히려 집에서 나오 지 못해 안달이 나 있었는데…… 집에서 독립하는 게 소원이었는 데……. 어처구니없게도 내가 원하는 방식은 아니지만 어떤 식으 로든 집은 나오게 됐다.

아빠가 지호 엄마와 함께 들어왔을 때 두 사람의 표정만 봐서는 무슨 말을 나눴는지 알 수 없었다. 아빠가 침대 가까이 오자 담배 냄새가 훅 끼쳐 왔다. 인상을 찌푸린 탓에 팔자 주름이 더 깊어져

늙고 지쳐 보였다.

"아휴, 냄새. 병원에서는 담배 금지예요."

영미 씨가 눈을 흘겼다.

"지호는 일이 있어서 못 왔어. 나중에 보렴."

지호 엄마는 묻지도 않은 말을 하더니 서둘러 일어섰다.

"몸조리 잘하렴. 그럼 다음에 또 보자."

지호 엄마가 가고 나서도 아빠는 별말이 없었다. 영미 씨가 "왔다 바로 가는 거야?" 하고 물었을 때도 아빠는 잠자코 있었다.

"무슨 말 했어?"

영미 씨가 채근하자 아빠는 나를 바라보지 않은 채 말했다.

"그쪽 집에서 아기 키울 형편이 안 된다고. 미안하지만 입양시키거나 우리가 맡거나 했으면 좋겠다고."

"그래도 아들을 데려와야지, 혼자 와?"

"혹시라도 입양 보낼 거면 아기 얼굴 안 보는 게 낫다고, 아들이 오겠다는 거 못 오게 했다고 그래."

"그런 싸가지가 있나. 그런다고 안 와 봐? 겁났으면 일을 저지르지 말았어야지. 그 집 엄마도 웃긴 년이네. 아들이 안 오겠다고 해도 데리고 와야 하는 거 아냐?"

영미 씨가 거칠게 말했다.

내가 예상한 최악의 시나리오였다.

"그래서 아빠는?"

"생각해 보겠다고 했지."

"그걸 왜 아빠가 생각해? 내가 생각하는 거지. 매사 아빠 맘대로야?"

내가 쏘아붙이자 아빠도 나를 똑바로 보며 큰 소리로 말했다.

"아직 미성년이잖아."

"미성년이면 바보인 줄 알아? 곧 졸업이야. 성인이라고."

그렇게 말했지만 진실과는 거리가 멀었다. 난 학생 노릇도 제대로 못 하고 있었고 어떻게 해야 어른이 되는지도 몰랐다. 얼떨결에 엄마가 된 걸 부정할 수 없었다. 어쩌다 어른이 될 거였다.

"졸업하면 너 혼자 살 수 있어? 아무 도움 없이? 입양을 보내더라도 내가 사인해 줘야 하는 거야."

"누가 입양 보낸대?"

"설마 키우려고?"

"응, 그러려고. 도와줄 거 아니면 뭐라 하지 마. 안 그래도 힘들어."

"아이, 왜 이래. 산모한테. 퇴원하고 얘기해도 되잖아. 그리고 아빠가 너 위해서 그러는 거지. 아빠가……."

영미 씨는 나와 아빠를 번갈아 보며 말했다.

"저 위한다는 말 좀 빼 주세요."

내가 쌀쌀맞게 말하자 영미 씨는 입을 다물었다. 그 대신 아빠가 나를 노려봤다.

"너 말버릇이……."

"자기가 그만해요. 나중에, 나중에 얘기해."

영미 씨가 내게 무슨 말인가 더 하려는 아빠 옷깃을 잡고 병실을 나갔다. 나는 닫힌 문을 노려보았다. 그러나 전처럼 혼란스럽지는 않았다. 내 결정은 흔들리지 않았다. 단지 앞으로 어떻게 달이를 키우느냐가 문제였다. 달이가 나만을 의지한다는 게 두려웠지만 지금은 나와 함께할 유일한 존재였다. 내 머릿속은 나와 달이가 어떻게 하면 더 잘 지낼 수 있을까, 하는 생각으로 꽉 차오르고 있었다. 내게 엄마 닮아 냉정한 년이라고 했던 아빠 말은 틀렸다.

미안해

지호에게 문자가 온 건 모두가 돌아간 뒤였다. 병실 불은 꺼졌지만 나는 잠을 이루지 못하고 휴대 전화를 만지작거리고 있었다. 나는 답문을 쓰려다 말고 병실을 나와 복도 끝으로 어기적거리며 걸어갔다. 단축 번호 0번을 눌렀다. 벨 소리가 끝나 갈 무렵 지호 목소리가 들렸다.

"응…… 나야."

지호 목소리가 낮게 들렸다.

"다른 말은 없어?"

"미안해. 가 보려고 했는데……."

어눌하게 말이 이어졌다.

"술 마셨어? 못 마시잖아."

"응, 조금 마셨어. 진짜 가 보려고 했는데…… 엄마가…….."

"엄마가 뭐?"

나도 모르게 목소리가 조금 커졌다.

"아니야, 아무것도 아니야. 몸은 좀 어때? 아프지 않아?"

"…….."

울컥 울음이 올라왔다. 내가 말이 없자 지호가 더듬더듬 말을 이었다.

"미안해. 딸이라고? 엄마한테 얘기 들었어."

지호는 같이 키울 생각이 없는데, 우리 둘의 딸이라고 할 수 있을까? 내 딸이라고 해야 할까?

"이틀 더 있다가 퇴원할 거야. 쉼터로 돌아갈 거야."

울먹이며 말이 나왔다.

"미안해. 가 보려고 했는데…… 무서웠어. 지금도 어떻게 해야 할지…….."

"나보다 더 무서워? 넌 도망가면 그만이야? 엄마 뒤에 숨을 수 있어서 좋겠다."

울컥하여 목소리가 커졌다. 그동안의 서운함과 화가 밀려왔다. 수화기 너머로 울음을 삼키는 소리가 들렸다.

"정말 미안해. 어떻게 해야 할지 몰라서…… 시간을 좀 줘."

지호는 힘겹게 말하고는 전화를 끊었다. 나는 마음을 굳게 먹으려고 했지만 어쩔 수 없이 눈물이 흘렀다. 아빠는 툭하면 내가 아기 때도 잘 안 울었다며 강단 있다고 말했다. 지금은 그 강단이 순식간에 무너지기를 반복하고 있었다.

병원에서 퇴원하고 쉼터에 돌아오니 새로운 임신부가 들어와 있었다. 나는 4층으로 올라갔다. 이곳에서 한 달 정도 머물다 공동육아방 입소가 결정이 나면 그쪽으로 옮겨야 했다.

일주일 뒤 아빠가 면회를 왔다. 아빠는 차에서 커다란 들통을 들고 내렸다. 주방 이모님께 드리며 죄송하다고 몇 번이나 인사를 했다.

"뭐야?"

내가 물었다.

"영미 씨가 돼지족 고았어. 산모에게 좋다고 해. 젖도 잘 나오게 하고."

아빠는 주방을 나오자마자 바쁘다며 차에 올랐다. 쉼터에서 나를 보는 게 불편한 기색이었다. 나는 오히려 담담했다. 내 삶을 받아들이려고 하자 어느새 사람이나 삶에 대한 적대감이 희미해져 가고 있었다. 그 대신 당연한 것조차 당연하지 않았다. 모든 게 처음부터 다시 생각되었다.

은지가 찾아온 것은 보름이 지난 뒤였다.

"너 많이 닮았다. 특히 눈 쪽. 신기해."

달이 얼굴을 바라봤다. 달이는 은지 말을 알아들은 것처럼 입술을 오물거리더니 방긋 웃었다. 얼핏 엄마와 지호 얼굴이 겹쳐 보이는 듯도 했다.

"수시는 발표 났어?"

"다 안 됐고. 점수 맞춰서 정시에 지원해야 돼. 재수하게 될지도 몰라. 너는?"

"대학은 무슨……. 살 궁리 해야 해."

씁쓸했다.

"지호는 수시 넣은 게 추가 합격으로 됐다고 하더라. 애들한테 건너 들었어."

지호를 축하해 줘야 하나. 나도 모르게 한숨이 나오면서 조바심이 났다. 내 선택을 후회하고 싶지 않았지만 내가 선택하지 못한 삶에 아쉬움이 큰 건 어쩔 수 없었다. 내 인생을 잘 살아 내고 싶었다. 그런데 지금은 나 혼자 사는 것 대신 달이와 함께하는 삶을 생각해야 했다. 좀 더 나은 일을 하기 위해서라도 공부는 더 하고 싶은데. 지금은 선택을 미뤄야 했다.

은지에게는 의연한 척 웃어 보였지만 은지가 가고 나서 한참을 울었다. 소리 내지 않으려고 양팔로 얼굴을 감싼 채 이불을 뒤집어 썼다. 혹시나 지호가 찾아오지 않을까 기다렸지만 그런 일은 없었다. 아빠는 괘씸해서라도 양육비를 왕창 받아 내야 한다며 몇 번을 강조하여 말했다. 아빠한테 그딴 소리 말라고 하면서도 내 심정은 복잡했다. 경제력은 달이를 키우는 데 무시할 수 없는 조건이었다.

나는 영화 주인공처럼 모든 것을 뛰어넘는 사랑을 하고 싶었는데 현실은 달랐다. 아무래도 괜찮다고 말하고 싶었지만 그런 말은 나오지 않았다. 달이를 낳음으로써 지호와의 관계가 망가졌고 앞으로 지호와 긴 다툼을 하게 될지도 모른다는 생각에 가슴이 답답했다. 엄마와 아빠의 일이 겹쳐 떠올라 시시때때로 숨 막혔다. 내가 그토록 진저리를 쳤던 양육비 문제. 자식이 부모의 걸림돌이 되거나 흥정거리가 되는 상황. 어쩔 수 없는 선택이었다 하더라도 달이는 내 의지로 낳았으니까 무슨 수가 있더라도 내 힘으로 달이를 책임지고 싶었다. 하지만 달이에게 미안하게도 내 덫에 내가 걸려 옴짝달싹 못 하고 갇힌 느낌이 들었다.

달이가 찡얼거리는 소리가 들렸다. 얼른 눈물을 훔쳤다. 달이를 토닥였지만 잠은 다 잔 모양이었다. 젖을 물렸지만 빨지 않았다. 뭐 때문에 찡얼거리는지 몰라 참고 있던 눈물이 또 왈칵 쏟아졌다.

"기저귀 봐."

해영이가 말했다.

진짜 그냥 되는 거 하나도 없구나. 이제 본격적으로 새 인생이 시작된다고 생각하니 아득했다.

공동육아방에 입소하기로 했다.

입소하는 날 아빠가 도와주러 왔다. 집에 들러서 내 짐도 더 챙겨야 했다.

"그쪽에는 필요한 서류 다 보내 놨으니까 짐 잘 챙겨서 들어가. 생활 잘하고."

사회 복지사는 나를 껴안으며 말했다.

"놀러 올게요."

진짜 놀러 오게 될지 장담할 수 없었지만, 그렇게 인사했다.

아빠 차에 탔을 때 우리는 둘 다 별말이 없었다.

달이는 포대기에 싸여 잠들어 있었다. 누구나 잠든 얼굴은 이토록 평온해 보이는 걸까. 모든 걸 내게 맡긴 채 잠들어 있는 얼굴. 달이 볼을 조심스럽게 쓰다듬었다.

"……요즘 바빠?"

내가 먼저 말을 꺼냈다.

"바쁘지. 갑자기 왜?"

"머리가 그게 뭐야? 염색도 하고 이발도 하고 좀 그래. 나이 들어 보여."

아빠는 잠자코 있더니 내게 물었다.

"애 아빠는 연락 없어? 언제 안 만났어?"

"통화는 했어……. 바쁜가 봐."

달이를 끌어당겨 안으며 말했다.

"그게 말이 되는 소리야? 뭐 대단하게 바쁘다고 코빼기도 안 보여? 그런 놈 가만두면 안 돼."

"곧 만날 거야."

"언제?"

"공동육아방 들어가서⋯⋯."

지난주 지호에게 온 메일이 떠올랐다. 예전에는 꼬박꼬박 '보고 싶은 수연'으로 시작해서 '영원한 지호'로 끝났는데, 이번에는 아니었다. 내용만 있었다.

지난주에 대학교 오리엔테이션에 갔었어. 오랜만에 하는 외출이었어. 가고 싶은 학교였고 무엇보다 이 일에 대해 아는 사람이 없어서 편했는데, 점점 네 생각이 나서 즐겁지만은 않았어. 나 혼자 잘 살자고 이러고 있나 싶기도 하고. 그렇다고 내 꿈을 포기할 수는 없을 것 같아서⋯⋯.

너무 이기적이지? 비겁하다고, 실망스럽다고 욕해도 할 말이 없어. 이런 상황이 원망스럽기도 하고. 여전히 어떤 게 맞는 건지 모르겠어.

자주 후회를 해. 그때 왜 조심하지 않았을까. 그랬다면 우리가 이렇게 어긋나지는 않았을 텐데. 생각할수록 모든 게 원망스러워서 한순간도 편한 적이 없어. 지금 이 순간도 나중에 후회를 하게 될까 봐 두려워.

네가 힘들 것 생각하면⋯⋯ 아기⋯⋯ 나 혼자 빠져나오는 게 잘못

하는 거 같은데, 그렇다고 내가 어떻게 해야 할까 생각하면 너무 막막해. 옆에 있어 주지 못해 미안한 마음이 큰데도 우리가 좋아한 게 평생 굴레가 될 거라는 생각을 하다 보면 숨이 막혀. 악몽도 자주 꿔. 어느 것도 확신이 안 서. 지금 이 메일을 쓰는 순간에도 뭔가가 가슴에 막혀 있는 기분이야. 요즘 내내 그래.

시간이 지나면 나아지겠지, 이런 생각을 하다가 또 너를 생각하면 염치없어 괴롭고.

엄마나 아빠는 이 일로 자주 싸우더니 요즘은 이 일에 대해 아예 말을 안 해. 나는 집에 있는 것도 밖에 나가는 것도 힘들어. 아는 사람을 만나는 게 괴로워서 사람도 피하게 돼. 어제 고등학교 친구 모임에도 안 나갔어. 혹시라도 모든 사실을 알고 너에 대해 물어볼까 봐, 또 아기에 대해 물어볼까 봐.

날 모르는 사람들 틈에서 다시 시작하고 싶다는 생각을 했어. 생긴 일을 없던 일로 할 수 없는데, 나 너무 엉터리 같지?

횡설수설하는 것 같네. 지금은 내가 어떻게 하겠다고 아무 약속도 못 할 거 같아.

학기 시작하기 전에 아기 보러 한번 가려고 해. 보러 가는 거 다짐하려고 메일 썼어.

몇 번을 다시 읽었다. 갈피를 못 잡는 지호 마음이 보였다가도 이미 내게서 물러난 지호가 느껴졌다. 지호에게 하고 싶은 말들이 두서없이 밀려왔다. 아기 보러 온다는 연락을 줘서 고맙지만, 책임 지기 싫더라도 더 빨리 와야 하는 것 아니냐고 따지고 싶었다. 원하는 대학 간 것 축하하지만, 너 혼자 다니니까 좋냐고 비아냥거리고도 싶었다. 내게 괴로운 걸 얘기해서 속 편해졌냐고도 되묻고 싶었다. 그러면서도 편할 리가 없을 걸 알기에 안쓰러웠다.

답장을 보내지는 않았다. 단지 "메일 받았어. 알겠어."라는 문자를 보냈을 뿐이다.

지호에 대한 감정은 복잡했다. 지호를 생각하면 불현듯 화와 서운함이 치밀었다. 나 또한 가슴이 꽉 막힌 듯했다. 지호가 진짜 아기를 보러 올까, 언제 올까, 아기를 보고 어떤 말을 할까. 아니야, 올 거면 이미 왔겠지. 지호 마음은 이미 냉정해진 게 틀림없어. 내가 왜 또 흔들리는 거지? 지호가 없어도 달이를 키울 작정이었잖아. 이런 생각들로 혼란스러웠다.

하지만 그 순간이 지속되지는 않았다. 달이를 돌보느라 정신없었으니까. 달이는 많은 시간 잠들어 있었지만 새벽에도 자주 깼고 까닭 모르게 자주 울었다. 어쩔 줄 몰라 애먹을 적마다 지호 생각이 났지만 아주 잠깐이었다. 그 대신 달이를 알아 가려고, 달이가 원하는 걸 알아내려고 온 힘을 기울였다.

대부분의 일이 달이 중심으로 생각되었기 때문에 이러다 영영 내 삶에서 내가 없어질까 봐 겁나기도 했다. 그러기 전에 하고 싶은 걸 붙들어야 하는데……. 공동육아방에서 그걸 찾을 수 있을까 걱정되었다. 그럴 때마다 달이가 있어서 내 인생이 끝난 게 아니라 다른 시작이라고 생각해야지, 하며 다짐했다. 엄마 노릇은 엄마 노릇일 뿐 내 삶을 포기한다는 의미는 아니다. 욕심일지라도, 조금 늦어지더라도 둘 다 잘 해내고 싶었다. 달이 엄마와 그냥 이수연의 삶 둘 다.

차차 정리되겠지만 어쩌면 오랫동안 이 두 삶 사이에서 시달려야 할지 몰랐다. 이 일을 겪으며 내 존재에 대해 진지하게 질문하게 되었고, 차별받지 않으려 나를 숨기기도 했다. 처음에는 내가 블루문 같았다. 부모에게 초대받지 않은 존재. 부모 삶을 불길하게 만드는 존재. 자기 삶까지 배신하는 존재. 현실에 만족할 수 없었고 부모에게 원망이 많았으면서도 미안했다. 세상은 불공평하고 난 상처투성이였다. 낙태하려고 했으나 불법이어서, 돈이 없어서, 꿈틀거리는 생명이 느껴져서 할 수 없었다. 그 때문에 내 꿈을 보류하고 수정해야 했다. 한 생명을 붙들기 위해 많은 것을 포기해야 했다. 앞으로 얼마나 더 시달리고 많은 것을 포기해야 할지 가늠되지 않았다. 그래서 계속 움츠러들었다. 주춤대며 도망가려 했다.

그런데 지금은 블루문이 모든 불운을 뒤집어쓰는 것에 동의하지 않는다. 사람들이 세워 놓은 기준에 어긋났다는 이유로 내 삶을 송두리째 부정당하는 일을 달이가 똑같이 겪게 하고 싶지 않다. 달이가 살아갈 삶이 어땠으면 좋을지 어렴풋이나마 보인다. 그건 내가 살고 싶은 삶이기도 하다.

새삼 내 고민은 달라졌다. 어려움과 비난을 뚫고 어떻게 살아갈지, 나와 달이를 어떻게 지킬지가 중요해졌다. 그 무엇이 날 협박하려 해도 겁먹지 않을 생각이다. 다시 아홉 살 꼬마로 돌아가 쉽게 휘둘리지는 않을 것이다. 달이로 인해 고통만이 아니라 어떤 기운도 함께 온 것이 분명했다. 나는 조금 더 뻔뻔해지기로 했다. 인생 길게 생각하기로 했다.

학교에서 보름달은 풍요와 여성을 상징한다고 배웠다. 그렇다면 두 번이나 뜨는 보름달은 이치에 어긋난 불운한 존재가 아니라 풍요와 여성을 곱으로, 환하게 보여 주는 것이 아닐까? 내 선택은 힘겨울 수 있지만 더 풍요로운 세계의 문을 여는 것은 아닐까? 지금보다 더 어릴 때는 누군가 문을 열어 주기만을 기다렸지만 지금부터는 내가 문을 열 작정이다. 내가 나를 정의해 나갈 생각이다.

조금은 컸는지 나는 지금보다 더 나은 삶이 있다고 믿는다. 머뭇거리고 겁내던 걸 해내려고 하니 생각하지 못한 길도 보였다. 헤매더라도 내 선택이 틀리지 않았다는 걸 증명하려 애쓸 생각이다. 그건 그동안 엄마와 아빠에게 거부당한 나 자신을 증명해 보이는 일이기도 했다.

겨울 바다

◇◇◇◇◇◇◇◇◇◇◇◇◇◇◇

차는 느리게 달렸다.

"하여간, 고마워."

그 말을 하면서 지금까지 아빠에게 고맙다는 생각을 가져 본 적
이 있었던가 하는 생각이 들었다.

"뭐가?"

"오늘 와 줘서."

아빠가 차를 조심스럽게 운전하는 게 느껴졌다.

"당연한 거야."

"어쨌든…… 영미 씨는 같이 안 왔네."

그사이 관계가 틀어진 건 아니겠지. 행여 영미 씨가 떠나서 아빠

가 혼자 궁상떨게 될까 봐 마음이 쓰였다.

"요즘은 갱년기라며 만날 골골대. 그래도 일한다고 나갔어."

"빚은 다 갚았어?"

"이따 영미 씨도 너 데려다주러 같이 갈 거야. 집에 데리고 있지 못해 마음 쓰인다고. 너 가는 데가 영미 씨 고향이기도 하고. 간 김에 언니 집도 들른다고 하고."

아빠는 대답 대신 다른 소리를 하더니 조금 쉬었다가 말했다.

"미안하다."

오랜만에 듣는 말이었다. 아홉 살 때 아빠 트럭에서 들었던 말.

그 말이 내게 힘을 주었다. 나를 이해하니 괜찮다는 말처럼 들렸다. 네 탓만이 아니라는 말 같았다.

내가 잠자코 있자 아빠는 헛기침을 한 번 하더니 덧붙여 말했다.

"너까지 영미 씨라고 부르는 거 아빠 듣기에는 별로야."

"영미 씨한테 직접 그렇게 부른 적은 없어. 그게 아니면 뭐라고 불러? 엄마라고? 그건 말 안 나와. 영미 씨가 마음에 안 들어서가 아니라 그냥 그래. 그렇다고 내 마음에 든다는 건 아니지만⋯⋯. 영미 씨 나쁜 사람은 아닌 거 같아. 아빠 삶인데 내가 뭐라는 게 웃기지만."

나는 늘 그랬듯 아빠가 나한테 윽박지르거나 변명을 할 줄 알았다. 그러나 아빠는 별다른 말 없이 헛기침을 몇 번 하고는 라디오를 틀었다. 둘 사이의 어색함을 라디오 소리가 메우고 있었다. 집에 다 와 갈 때 아빠는 라디오 볼륨을 줄이더니 짧게 말했다.

"네 엄마가 보름 전에 한국에 들어왔다고 하네. 이달 말에 다시 호주로 나갈 건가 봐. 연락처 줄까?"

나는 대꾸하지 않았고 아빠는 더는 말하지 않았다. 나는 아빠와 눈을 마주치지 않았다. 아빠에게 남아 있는 엄마에 대한 추억은 내게 있는 것과는 다를 것이다. 그게 어떨지 궁금했지만 생각해 보면 지금 중요한 일은 아니었다.

달이를 낳기 전에는 갑작스럽게 엄마 생각이 많이 났다. 그런데 달이를 낳고 나서는 엄마 생각을 한 번도 안 했다는 게 떠올랐다. 그러면서 엄마는 왜 하필 추운 겨울에 한국에 들어왔나 하는 생각을 잠깐 했다. 한국은 너무 춥다고 새침하게 말하던 엄마 모습이 떠올랐다. 그때 내가 얼마나 미안한 마음이었는데. 엄마는 나를 떠올리긴 할까? 내가 기억하는 엄마는 아홉 살 때 본 모습에서 멈추었는데, 엄마 기억 속에서 나도 아홉 살 모습일까?

집에 도착하자마자 나는 책꽂이 맨 위에 꽂혀 있는 백과사전을 꺼냈다. 책을 펼치자 아홉 살 때 엄마가 내게 준 메모지가 보였다. 메모지는 누렇게 변색이 된 채 글자가 번져 있었다. 엄마가 쓴 전화번호를 보자 전화할까 말까 망설이던 순간들이 떠올랐다. 엄마 앞에 보란 듯이 나타날 작정이었는데, 엄마가 찾아와도 냉정하게 돌아설 작정이었는데, 또다시 망설이고 있었다.

하지만 아홉 살 때와는 다르게 엄마에게 연락하는 게 겁나지 않았다. 단지 당장 하고 싶다는 마음은 들지 않았다. 그 대신 이제는 시간이 걸리더라도 엄마를 끌어안지 않으면 안 된다고 느껴져 쓸 쓸한 기분이었다. 마치 내가 엄마를 받아 줘야 할 것처럼 여겨졌 다. 종이를 다시 책 사이에 넣고 책을 책꽂이 맨 위에 올려놓았다. 지금보다 어릴 때는 의자를 딛고 서야만 책에 손이 닿았는데 지금 은 까치발을 한 채 팔을 쭉 뻗으면 닿았다. 마치 멀게만 느껴지던 엄마에게 언제든지 가깝게 다가갈 수 있을 것처럼.

영미 씨는 내 짐을 챙기고 있었다. 은지 집에서 가져다 놓은 짐 상자 앞에 아기용품이 든 쇼핑백이 보였다.

"바닷가 가서 밥 먹고 가면 어때요? 바다 지나가는 길 아니에요?"

나는 두 사람을 번갈아 보며 말했다.

영미 씨는 "바닷바람 찰 텐데. 산모 몸에 바람 들면 나이 들어 고 생이야."라고 말했고, 아빠는 "바다 쪽으로 가려면 길은 조금 돌아 야지." 했다.

"오후 5시 전에 들어가면 된다고 했어. 바다 보면서 새해 다짐 같은 것도 하고⋯⋯."

"그걸 꼭 바다 보면서 해야 해? 1월도 다 지났는데."

"다들 그러지 않아? 나도 그러고 싶어. 거기 들어가면 달이 때문 에 언제 또 나오게 될지 모르고⋯⋯. 당분간 혼자는 못 가게 될 것 같아서. 갑갑해."

"아기나 너나 괜찮겠어? 찬바람 쐬면 몸에 안 좋은 거 아냐?"

아빠는 걱정스럽다는 듯이 말했다.

"차로 갈 텐데 뭘 그리 걱정해. 평소답지 않게."

잠이 깬 칭얼거리는 달이를 안아 흔들며 말했다.

"일단 그러면…… 히터 좀 보고……. 차가 오래돼서."

"히터 또 안 돼?"

내가 물었다.

"차가 꼭 네 할아버지 같다. 그치?"

영미 씨가 달이 손을 잡고 흔들며 말했다.

할아버지라니! 하긴 나는 엄마였다.

네 명이 차에 올랐을 때 아빠는 말이 없었다. 나는 달이를 포대기에 감싸 안았다. 영미 씨는 기저귀와 얇은 담요 등을 챙긴 커다란 가방을 뒷자리에 싣고는 앞자리에 앉았다.

시동은 한 번에 걸리지 않았다.

"차 고친 거 맞아?"

"설마 도로에서 서는 거 아니겠지?"

내 말에 영미 씨가 덧붙여 말했다.

아빠가 세 번째로 자동차 키를 돌렸을 때 시동이 걸렸다. 달리는 동안 차는 끊임없이 덜거덕거리는 소리를 냈다.

"가끔 집에 와. 아니, 우리가 면회를 가는 게 낫겠지?"

영미 씨가 말했다.

"네."

나는 짧게 대답했다.

바다가 보이기까지 생각보다 오랜 시간을 달려야 했다. 바닷가에 도착했을 때는 오후 2시가 지나 있었고 집에서 출발할 때 보이던 햇빛이 물러가고 구름이 잔뜩 몰려와 있었다. 식당으로 들어가려고 주차를 하는데 가늘게 눈이 날렸다.

우리는 창가 자리에 앉았다. 손님이 우리뿐이었다.

"눈이 오네."

"눈 온다는 말은 없었는데."

내 말에 아빠가 대꾸하며 차림표를 봤다.

날리던 눈이 제법 굵어지면서 하늘과 바다의 경계를 지우고 있었다.

"차에서 담요 좀 가져올게."

내가 일어섰을 때 두 사람은 몸을 살짝 숙이고 달이를 어르고 있었다. 달이는 아빠 얼굴을 만지려는 듯 손을 뻗었다. 달착지근한 젖 냄새와 뽀송뽀송한 분 냄새가 확 올라왔다. 무슨 말을 하려는 듯 입을 달싹이더니 까르르 소리를 냈다.

나는 밖으로 나와 파도가 밀려가는 모습을 끝까지 지켜봤다. 파도를 따라 뛰어다니는 꼬마들이 보였다. 나도 그 꼬마들을 따라 뛰어다니고 싶다는 충동을 느끼며 차에서 담요를 꺼내 들었다. 하늘과 바다는 내리는 눈 때문에 비슷하게 닮아 가고 있었다.

식당으로 들어가려고 돌아섰을 때 전화가 울렸다. 나는 다시 바다 쪽을 바라봤다.

"여보세요?"

눈이 쏟아지는 것을 보며 담요를 어깨에 둘렀다. 나는 바닷가로 천천히 걸음을 옮겼다. 눈은 바다 풍경을 서서히 지우고 있었지만 그렇다고 바다가 사라지는 건 아니었다. 그걸 말하듯 파도가 출렁였다.

이 글의 인물들과 함께한 여정이 비로소 끝났다. 그 시간 동안 때때로 아팠고 갈등을 대충 훑게 될까 봐 조바심 냈다. 방법을 모르면서 세계의 모순이나 모호함을 견뎌 내려고 했다. 무력함에 이야기를 멈춘 시간도 길었다. 그런데도 글을 쓸 수 있었던 것은 세계와 불화하면서도 묵묵히 자신의 이야기를 만들어 가려 애쓰는 이들을 보아 왔기 때문이다. 글에서의 여정은 끝났지만, 많은 이들이 여전히 그 길 위에 있을 것이다. 그들과 내가 다르지 않음을 느끼며 이제, 오래도록 내게 머물러 있던 이야기를 세상으로 보낸다. 부디 그 길에는 축복이 함께하기를.

2017년 11월

신운선

창비청소년문학 81

두 번째 달, 블루문

초판 1쇄 발행 • 2017년 11월 7일
초판 10쇄 발행 • 2024년 6월 3일

지은이 • 신운선
펴낸이 • 염종선
책임편집 • 김영선 최은영
조판 • 박지현
펴낸곳 • (주)창비
등록 • 1986년 8월 5일 제85호
주소 • 10881 경기도 파주시 회동길 184
전화 • 031-955-3333
팩시밀리 • 영업 031-955-3399 편집 031-955-3400
홈페이지 • www.changbi.com
전자우편 • ya@changbi.com

ⓒ 신운선 2017
ISBN 978-89-364-5681-8 43810